www.mayabook.co.kr

www.mayabook.co.kr

www.mayabook.co.kr

www.mayabook.co.kr

지은이 | 글작소
펴낸이 | 권순남
펴낸곳 | (주)마야 · 마루출판사
등록 | 2008. 1. 7(제310-2008-00001호)

초판 인쇄 | 2012. 7. 11
초판 발행 | 2012. 7. 13

주소 | 서울시 노원구 상계 1동 1049-25 신영산업 BD 602호
대표전화 | 02-2091-0291
팩스 | 02-2091-0290
이메일 | marubooks@hanmail.net

ISBN | 978-89-280-0849-0(세트) / 978-89-280-0874-2
정가 | 8,000원

잘못된 책은 교환하여 드립니다.
저자와 협의하여 인지를 붙이지 않습니다.

포교

③

글작소 신무협 장편소설
MAYA & MARU ORIENTAL STORY

마루&마야

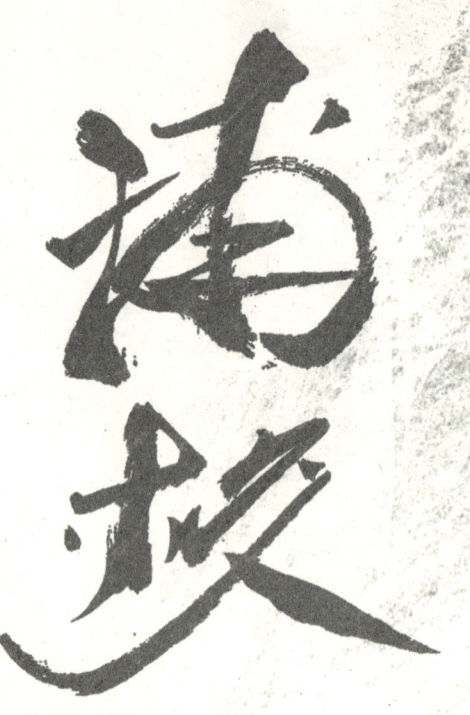

목차

제27장. 소림의 이름에 흙탕물이 튀다 …007
제28장. 소림승, 투옥되다 …029
제29장. 소림을 자극하다 …045
제30장. 협상을 하다 …069
제31장. 좌포청의 신임 포쾌 …091
제32장. 평생을 말하다 …111
제33장. 산적을 잡다 …133
제34장. 반란과 혁명의 차이 …159
제35장. 사업을 넓히다 …183
제36장. 사랑과 돈 …203
제37장. 철가방(鐵家幫)의 도발 …227
제38장. 개봉사신(開封死神) …253
제39장. 죽음을 납치하다 …273
자투리. 양상군자 수춘 …301

· 본 작품은 창작 집단 (주)글바랑 소속 작가의 창작물입니다.

제27장
소림의 이름에 흙탕물이 튀다

섬보.

최고의 경지에 이르면 번쩍하는 순간에 만 보를 간다는 천고의 신법이다.

고려 최고의 무예라는 가람검에서조차 속도로는 따라올 것이 없다. 그 섬보가 극성으로 펼쳐졌다.

아직은 최고 경지에 달하지 못했지만, 그래도 번쩍하는 순간에 오십 보는 자신한다. 물론 행인들 때문에 지붕 위로 뛴 탓에 평소보다 속도는 줄었지만 대신 직선으로의 이동이 가능했다.

개방으로부터 소식을 접한 순간, 만사를 제쳐 두고 달렸다. 하지만 아무래도 제시간에 도착한다는 것은 무리일 듯

싶었다. 그것이 세영의 마음을 조급하게 만들었다.

멀리 의원이 눈에 들어온 순간 세영은 사태가 이미 벌어지고 있음을 직감했다.

마지막 일보, 자신의 능력을 넘어서는 자연지기가 섬보로 흘러들어 갔다.

팡-

허공에 섬보의 잔향이 남고, 세영의 신형이 의원으로 사라졌다.

쾅-!

벼락 떨어지는 소리와 함께 굉마를 향해 불진을 떨쳐 내던 금강승이 튕겨 나갔다.

거칠게 의원의 담을 부수고 나동그라지는 금강승의 모습에 소림승들의 눈에 놀람이 들어섰다.

척-

금강승을 걷어 내고 땅에 내려선 세영의 입가로 피가 비쳤다. 자신의 한계를 넘어서는 자연지기를 끌어당긴 대가였다.

물론 그 덕에 굉마와 초련은 간신히 구해 낼 수 있었다.

"너, 너!"

놀라는 굉마에겐 눈길도 주지 않은 채 세영은 소림승들을 노려봤다.

상대는 소림이다. 사부에게 귀에 딱지가 앉을 정도로 들었던 바로 그 소림.

그러니 이쪽에서 먼저 치고 나가는 것이 이득이리라.

"감히 백주 대낮에 승려들이 사람을 해치려 들어!"

세영의 고함에 놀람을 추스른 금강수법승이 반장을 했다.

"아미타불… 복장을 보아하니 포청의 관인 같소만, 이 일은 무림의 일이외다."

"무림? 무림인이면 아픈 양민들이 치료를 받는 곳에 쳐들어와서 살인을 저질러도 무방하다 생각해? 저기 겁에 질려 떨고 있는 이들은 안중에도 없어? 그런 거야?"

세영의 말에 금강수법승의 시선이 병실로 쓰이는 의원의 별채로 향했다.

저마다 두려운 눈으로 이쪽을 바라보는 양민들을 확인한 금강수법승의 입에서 침음이 흘렀다.

"흐음……."

"그 죄를 물어야겠다!"

말이 끝나기 무섭게 저만치 의원 벽을 부수고 나동그라져 있는 금강승에게 다가간 세영이 포승줄을 꺼내 들었다.

그것을 본 금강수법승이 경호성을 터트렸다.

"무얼 하는 게요?"

"죄를 지었으니 포청으로 압송해야지."

"이런! 지금 소림을 업신여기는 것이오?"

"소림? 풋―"

비웃는 세영에게 금강수법승이 분노한 음성을 토했다.

"지금 소림의 이름을 비웃는 겐가?"

"아무 데다 갖다 붙이면 소림인 줄 알아! 내가 바보로 보여? 이 작자들이 입성이 승려라 하여 봐줄까 했더니만……. 소림이 어떤 곳인데 양민들이 치료받는 의원에서 살수를 펼친단 말이야? 그 말을 믿어 줄 것 같아!"

이건 소림을 높게 쳐주는 말이다.

하지만 그 말로 인해 의원에 들어선 이들은 소림의 승려가 아니게 되었다.

그렇다고 여기서 소림의 승려가 맞다고 주장을 이어 가자니, 양민들이 치료받는 의원에 소림의 승려들이 쳐들어와서 살수를 뿌리려 했다는 것을 인정하는 꼴이었다.

"그, 그것이……."

당장 금강수법승이 말을 더듬었다. 상황을 주시하던 십팔나한도 당황한 표정이 역력했다.

그런 이들을 바라보며 세영이 중얼거렸다.

"어디서 못된 땡추들이 떼거리로 몰려다니며 소림의 이름을 팔아! 저런 것들은 소림에 신고해서 싹 잡아다 그 참회동인지 뭔지에 가둬 두고 물도 주지 말아야 하는 건데. 쯧, 승려라 참는다. 승려라 참아."

세영이 혼잣말처럼 중얼거렸지만 못 알아들을 만큼 작은

음성도 아니었다. 그렇다고 야단을 치고 나서지도 못한다. 소림을 높이 놓고 실수한 자신들을 깔보는 것이기에.

자신들이 너무 성급해서 벌어진 일이었다.

그 탓에 망설이는 사이 나가떨어진 금강승을 포승줄로 꽁꽁 묶은 세영이 그를 둘러업었다.

"뭐해? 당신들도 따라 나오지 않고."

세영의 말에 굉마가 자신을 손가락으로 가르쳤다.

"나?"

"그래! 피해자 진술 받아야 하니까 따라와. 거기 소저도."

세영의 말에 눈치 빠른 초련이 재빨리 바퀴의자를 가져다 굉마를 앉혔다.

그걸 멍하니 바라보던 금강수법승이 물었다.

"지금 뭐하는 게요?"

금강수법승의 물음에 삐딱하게 고개를 돌린 세영이 답했다.

"보면 몰라? 범인 압송하고 피해자 호송하잖아. 내 눈으로 보지 못했으니 보내 주지만, 다음에 비슷한 상황에서 걸리면 죄다 살인 미수로 잡아넣을 거야! 하긴 그렇게 되면 소림에서 나와서 죄다 잡아가겠지만… 이번만이야! 다음에도 눈에 띄면 정말 소림에 일러바칠 테니까! 가자."

금강승 하나를 잡고, 거기다 굉마와 초련까지 데리고 가는 세영을 막으려 드는 십팔나한들을 금강수법승이 손을 들어 제지했다.

"왜……?"

십팔나한의 수좌승이 묻자 금강수법승이 병실에서 이쪽을 바라보고 있는 양민들을 눈짓했다.

"눈이 많긴 하나 그걸 따질 계제가 아니질 않습니까, 사형."

"눈이 아니라 입을 말하는 걸세."

금강수법승의 답에 양민들을 다시 살피니 그들의 말이 들려왔다.

"소림승들이래."

"포교가 하는 말 못 들었어? 소림의 이름을 판 땡추들이라잖아."

"하긴 소림의 승려들은 이런 일을 벌일 분들이 아니지. 암!"

"그럼! 설마 소림의 승려들이 아픈 양민들이 치료받는 의원엘 쳐들어오겠어? 부처님한테 벼락 맞을 소리 하지 말어."

그제야 금강수법승이 움직이지 못하는 이유를 알아차린 십팔나한의 수좌승이 유유히 의원을 벗어나는 세영과 꿩마를 멍하니 바라보았다.

❈   ❈   ❈

대덕(大德) 대사는 당대 방장의 사제로, 소림 무승들의 최고 반열에 속하는 금강수법승(金剛守法僧)의 자리에 있는 승려다.

그는 소림 무승들의 최고 반열이라는 금강수법승을 맡을 정도로 강력한 무공을 지니고 있었지만, 그의 법명처럼 덕이 많은 승려로도 유명했다.

그런 연유로 소림을 찾는 불자들에게선 '무덕(武德) 스님'이란 이름으로 불리기도 한다.

그런 그가 곤란한 표정으로 하남 행성의 참지정사(參知政事)를 찾았다. 한족 출신인 참지정사는 불심이 깊은 불자로 정평이 난 인물이었다.

"어서 오십시오, 무덕 스님."

"과분한 이름으로 부르시니 부끄러울 따름입니다. 아미타불… 우 시주께선 평안하셨는지요."

"부처님의 가피를 입어 무탈하였습니다. 이리 앉으시지요."

자신의 안내로 자리에 앉은 대덕 대사에게 우 참지정사가 물었다.

"속세에서 무덕 스님을 뵙는 것은 큰 기쁨이긴 하나 탁발을 나오실 분은 아니시고… 소림에 무슨 일이 있습니까?"

우 참지정사의 물음에 대덕 대사가 곤혹스런 표정으로 답했다.

"사문의 엄명으로 나왔다가 곤란한 일이 생긴 탓에… 결례인 줄 알면서도 우 시주께 긴한 청이 있어 들렀습니다."

"결례라니, 무슨 그런 말씀을……. 제가 소림에 불공을 다닌 지 이십 년이 넘었습니다. 소림은 제 집과 같은 곳이거늘 어찌 남의 집 일처럼 말씀하십니까? 섭섭합니다, 스님."

"허허허, 이런, 소승이 미진하여 미처 살피지 못하였습니다. 용서하시지요. 아미타불……."

불호를 외우는 대덕 대사에게 우 참지정사가 웃는 낯으로 물었다.

"그래, 제가 도와야 할 것이 무엇입니까?"

"그것이… 포청에 소림의 승려가 한 명 들어갔습니다."

"포청에… 무슨 일로……?"

"그것이… 작은 오해로 인해서… 아하하하."

어색하게 웃는 대덕 대사를 바라보며 무언가 사달을 일으켜 잡혀 들어갔다는 것을 직감한 우 참지정사가 말했다.

"그런 일이 있었군요. 걱정하지 마십시오. 제가 곧바로 나오시도록 손을 쓰겠습니다."

"이런 고마울 데가, 그리고……."

"망설이지 마시고 말씀하십시오, 스님."

우 참지정사의 말에 대덕 대사가 말을 이었다.

"우리 승려와 함께 데려간 이가 있습니다. 무림에선 꿩마라 불리는 자이온데, 그를 제가 데려가고자 합니다."

"소림으로 말씀입니까?"
"예."
거론한 이의 이름에 '마'자가 들어간 것을 보니 데려가 좋은 일을 시켜 주려는 뜻은 아니라는 걸 어렵지 않게 짐작할 수 있었다.

물론 그렇다고 거절할 생각은 없었다. 포청에 잡혀 들어갈 정도의 무림인이라면 별 볼 일 없는 놈이 뻔할 테니까.

"알겠습니다. 함께 조치를 하지요. 잠시만 기다려 주십시오."

"감사합니다, 우 시주."

반장을 하는 대덕 대사를 둔 우 참지정사가 일을 처리하기 위해 밖으로 나갔다.

우 참지정사가 난감한 표정이 되어 방으로 돌아온 것은 반 시진 정도가 흐른 뒤였다.

"저기… 말씀하셨던 이들이 좌포청으로 잡혀간 것이 맞습니까?"

"그것까지는 알지 못합니다만……."

"소림의 승려분을 데려갔다는 포청의 관인이 혹, 검은 옷에 붉은 도포를 입지 않았습니까?"

우 참지정사의 말에 잠시 의원에서 마주쳤던 관인의 모습을 떠올린 대덕 대사가 고개를 끄덕였다.

"그러고 보니 그렇군요."

대덕 대사의 답에 우 참지정사가 곤혹스런 표정으로 볼을 긁었다.

"이것 참… 좌포청에 잡혀 들어간 승려분의 죄명은 아십니까?"

"잘 모릅니다만."

"죄목이… 사유지 무단 침입에 기물 파손, 공공시설 난동, 거기다 심신미약자 살인미수, 부녀자 살인미수, 특수 상해, 명예훼손, 타인 명의 무단 도용입니다."

"예?"

되묻는 대덕 대사의 얼굴에 당황감이 서렸다.

수도 없는 죄목이 불려졌지만 '기물 파손'과 '살인미수'를 제외하곤 제대로 알아듣지도 못하는 것들이었다. 거기다 무슨 죄명은 또 그리 많이 붙었는지……?

"지금 흉악범으로 분류되어 면회조차 금지된 상황이랍니다. 죄목들을 특정하기 위해서 피해자와 목격자 진술이 이루어지고 있는데… 대부분 사실로 들어난 터라……. 한데, 정말 그런 흉악한 작자가 소림의 승려입니까?"

우 참지정사의 물음에 대덕 대사의 얼굴빛이 검게 죽었다.

"그, 그게… 오, 오해에서……."

"오해라기엔 목격자들의 진술이……."

곤혹스러워하는 우 참지정사의 말에 대덕 대사는 의원에 들어 있던 병자들을 떠올렸다.

"빌어먹을!"

"예?"

대덕 대사의 입에서 저도 모르게 튀어나온 욕설에 우 참지정사가 놀란 표정을 지었다.

그에 당황한 대덕 대사가 황급히 고개를 저었다.

"아, 아닙니다."

당황하는 자신을 바라보는 우 참지정사의 얼굴이 의혹과 불신으로 얼룩지는 것을 본 대덕 대사의 표정이 침울해졌다.

그런 대덕 대사에게 우 참지정사가 조심스럽게 말했다.

"그리고 굉마라는 사람… 피해자라던데… 그는 왜 찾으시는지……?"

우 참지정사의 표정은 소림이 피해자를 은닉하여 사건을 은폐하려는 것 아니냐는 듯한 물음을 담고 있었다.

"후~"

답답한 마음에 한숨을 내쉬는 대덕 대사의 어깨가 힘없이 처졌다.

❀   ❀   ❀

좌포청의 수장인 수부타이는 하남 행성의 참지정사와 함께 온 승려와 마주 앉아 있었다.

"하여 모든 일이 오해에서 비롯된 일이니 승려를 석방해 주었으면 하오이다."

우 참지정사의 말투는 정중했다.

자신이 비록 2품의 관리일지라도, 또 상대가 한참 아래인 7품의 관리일지라도 피지배 계층인 한족과 지배 계층인 몽고족 출신이란 태생적인 한계가 존재했기 때문이다.

그것을 가장 잘 아는 이가 바로 수부타이였다.

"참지정사의 말씀은 잘 알겠습니다만… 일단 담당 포교의 말을 들어 보지 않을 수 없습니다."

"그야 당연한 일, 이해하오이다."

우 참지정사의 답에 수부타이가 사람을 시켜 세영을 불러들였다.

"찾으셨습니까, 포령."

"왔는가? 일단 인사부터 드리게. 하남 행성의 참지정사이신 우 대인일세."

"박 포교입니다."

세영의 인사에 우 참지정사가 고개를 끄덕였다.

"반갑구먼."

간략히 인사가 끝나자 수부타이가 세영에게 자리를 권했다.

"거기 앉게."

자신의 권유에 자리에 앉은 세영에게 수부타이가 물었다.

"승려 한 명이 잡혀 들어와 있다고?"

"예."

답을 하는 세영의 시선이 자신에게 향하자 대덕 대사가 곤혹스런 표정을 지었다.

그런 두 사람을 번갈아 바라보던 수부타이가 물었다.

"죄목이 정확히 무엇인가?"

"사유지 무단 침입, 기물 파손, 공공시설 난동, 심신미약자 살인미수, 부녀자 살인미수, 특수 상해, 명예훼손, 타인명의 무단 도용입니다.

8개의 죄목을 숨도 안 쉬고 불러 젖히는 세영의 답에 쓴웃음을 지은 수부타이가 물었다.

"그 죄목이 모두 사실인가?"

"증인들의 진술이 일치합니다."

"증인?"

"목격자들입니다. 수가 열세 명이나 됩니다."

세영의 답에 수부타이의 시선이 대덕 대사를 거쳐 우 참지정사에게 향했다.

"이렇다는군요."

얼굴 전체로 곤란하다는 것을 피력하는 수부타이에게 우 참지정사가 물었다.

"내 저 포교에게 몇 가지 묻고 싶은 것이 있소만."
"하문하시지요."
수부타이의 동의에 우 참지정사가 세영에게 물었다.
"일단 죄목부터 확인을 해야겠네. 첫 죄목이……?"
"사유지 무단 침입입니다."
세영의 답에 슬쩍 자신과 눈도 제대로 못 마주치는 대덕 대사를 바라보았던 우 참지정사가 어설피 웃었다.
"허, 허허, 그, 그건 건너뛰지."
"다음은 기물 파손입니다."
"무얼 파손했다는 겐가?"
"의원의 담장을 부쉈습니다."
세영의 답에 대덕 대사가 억울하다는 듯이 끼어들었다.
"그건 그대의 공격에 그리된 것이 아니요?"
대덕 대사의 말에 세영이 고개를 끄덕였다.
"맞습니다. 하나 그 승려가 피해자를 죽이려 들지 않았다면 그를 공격할 일도 없었지요. 따라서 그것은 범인이 유도한 일입니다."
"어, 어찌 그런……?"
억울해하는 대덕 대사의 말을 조용히 대화를 듣고 있던 수부타이가 막았다.
"그 부분은 우리가 아니라 후일 판관께서 결정하실 내용인 듯합니다만."

수부타이의 말에 대덕 대사가 입을 다물자 우 참지정사가 물었다.

"다음 죄목이… 공공시설 난동이었던가?"

"맞습니다. 의원은 사유지이면서 여러 양민이 사용하는 공공시설입니다. 그곳에서 사람을 죽이려 했으니 난동 죄가 성립됩니다."

세영의 주장에 대덕 대사는 어두운 표정이었다. 그걸 일별한 우 참지정사가 말했다.

"하면 다른 죄목은……?"

"심신미약자 살인미수와 부녀자 살인미수……."

"꿩마가 심신미약자라니, 개가 웃을 일이외다!"

이번에도 대덕 대사였다. 그를 물끄러미 바라보던 세영이 물었다.

"꿩마라 불리는 피해자의 당시 상태가 어떠했소? 잘 움직이더이까?"

"그, 그건……."

"반격은 하더이까?"

"……."

꿀 먹은 벙어리처럼 답을 못하는 대덕 대사를 바라보며 세영이 말했다.

"그는 최근에 풍을 맞아 반신마비를 앓고 있는 중이었소. 그런 자가 심신미약자가 아니면 뭐란 말이오?"

"하, 하지만 그는 강호를 질타하던 강력한 무인이었으며……."

"다리가 부러져 누워 있는 사람이 씨름으로 이름을 날리는 천하장사라 칩시다. 그런 그에게 패배한 적이 있던 씨름 선수가 다짜고짜 시합을 걸었다면 그게 폭행이겠소, 정당한 대결 요청이겠소?"

"……."

이번에도 답을 못하는 대덕 대사를 대신해 우 참지정사가 나섰다.

"한데 부녀자 살인미수는 왜……?"

"잡혀 들어온 범인이 괭마란 피해자와 같이 있던 초련이란 기녀를 함께 살해하려 했던 것을 부정하시겠소?"

"……."

대덕 대사는 이번에도 답을 하지 못했다.

그녀가 괭마를 보호하려 했으니 마도의 악적이라는 말은 관인에겐 웃기는 변명으로밖에 들리지 않을 것을 알기 때문이었다.

난감해하는 대덕 대사를 돌아본 우 참지정사가 난처한 표정으로 말문을 열었다.

"하면 특수 상해는 무엇 때문에……?"

"무기를 사용하여 피해자에게 상처를 입혔으니 당연히 따라오는 죄목입니다."

"무기가 아니라 불진이오, 불진!"

이번에도 어김없이 끼어드는 대덕 대사의 외침에 세영이 한심하다는 듯이 말했다.

"길가에 굴러다니는 아무짝에도 쓸모없는 돌멩이도 범죄에 이용되면 흉기가 되고, 무기가 되는 거요."

세영의 핀잔에 대덕 대사는 또다시 말문이 막혔다.

이건 자신이 이의를 제기하는 족족 막히니 괜히 입을 열었나 싶기까지 했다.

그런 대덕 대사를 대신해 우 참지정사가 다시 나섰다.

"하면 명예훼손과 타인 무단 도용? 그건 왜 붙은 겐가?"

우 참지정사의 말에 세영이 갑자기 흥분하며 떠들어 대기 시작했다.

"그게 가장 문제가 되는 줩니다. 글쎄 놈이 소림사를 팔았습니다! 벌건 대낮에 양민들이 치료받는 의원을 무단으로 쳐들어가서 무고한 양민들에게 무기를 휘두른 작자가 글쎄, 자기가 불법 정토인 소림의 승려라 주장하는 겁니다. 기가 막힐 노릇이 아닙니까? 만일 이 사실을 알면 소림의 승려들이 모두 대성통곡을 할 일입지요. 아마 제가 나서지 않았더라도 부처님께서 벼락을 치셨을 겁니다."

세영의 말에 우 참지정사는 어색하게 웃었다.

"아하, 아하하, 그, 그게⋯ 소림의 승려분이 맞다네. 여기 이분도 소림의 큰 승려시고."

우 참지정사의 말에 세영이 놀란 표정을 지었다.

"에엑! 정말 소림의 승려라고요? 에이, 말도 안 됩니다. 어찌 소림의 승려가… 혹시 참지정사께서도 속고 계신 게 아닙니까? 내 저 요망한 땡추 놈을!"

벌떡 일어서 대덕 대사를 잡으려는 세영을 우 참지정사가 말렸다.

"이, 이보게! 저, 정말일세. 내 잘 아는 분이란 말이네."

우 참지정사의 만류로 간신히 떨어진 세영이 믿기지 않는다는 표정으로 말했다.

"그게 정말이란 말입니까?"

"그렇다네. 내 말을 믿게. 자네가 잡아간 승려분과 저분은 분명 소림의 승려일세."

우 참지정사의 입장에선 잡혀 온 이와 대덕 대사가 소림의 승려라는 것을 증언하기 위해 한 말이었지만, 그 말을 받은 세영은 말뜻을 요상하게 꼬아 버렸다.

"이런! 내 소림이 불법 정토라 못된 땡추들이 없는 줄 알았더니 저런 막돼먹은 중들도 있었군요? 하면 소림은 저런 작자들은 안 잡아간답니까? 저라도 잡아들일까요?"

세영의 물음에 우 참지정사는 곤란한 표정이 되었다.

이래서야 자신이 소림의 이름에 먹칠을 해대는 막돼먹은 땡추들을 변호하고 있는 게 되기 때문이었다.

"허허, 이런… 내 다 오해라고 말하지 않았나."

"오해요? 열셋씩이나 되는 증인들은 그럼 헛것을 보았답니까?"

세영의 말에 수부타이가 나섰다.

"그 증인들의 말은 모두 믿을 만한가?"

"아직 몇몇은 남아서 진술하고 있으니 직접 확인해 보시지요."

세영의 말에 수부타이의 시선이 우 참지정사에게 향했다.

"사정이 이렇다 하니 아무래도 소관은 우 대인을 돕지 못할 듯합니다."

완곡한 거절이었다. 그것만으로도 참으로 낯이 서지 않는 일인데, 수부타이는 거기에서 멈추지 않았다.

"이런 말씀을 드리기 송구하오나, 좋지 못한 일을 하고 다니는 승려와 가까이 하셔서 득이 될 일은 없지 않을까 싶습니다. 그저 참고하시라 드리는 충언이오니 노여워하진 마십시오."

제법 정중한 표현을 썼지만 엉뚱한 일로 쓸데없이 나서지 말라는 말이었다.

그 말뜻을 모를 리 없는 우 참지정사는 붉어진 얼굴로 대덕 대사와 함께 좌포청을 나섰다.

제28장
소림승, 투옥되다

 좌포청을 나온 대덕 대사는 우 참지정사의 걱정을 뒤로 하고 사제와 사질들이 기다리는 대상국사로 발을 옮겼다.

 대상국사는 정토종(淨土宗)의 사찰이다. 선종(禪宗)에 속하는 소림과는 그 길이 조금은 다른 사찰임에도, 함께 부처님을 섬긴다는 이유만으로도 선방을 얻을 수 있었다.

 그 선방에서 대덕 대사와 그 일행이 모여 앉았다.

 "이제 어찌하실 생각이십니까?

 좌포청에서 있었던 일을 모두 들은 사제, 십팔나한의 수좌승의 물음에 대덕 대사가 조심스럽게 답했다.

 "공식적으로 움직일 수 있는 방법은 더 이상 없는 듯하네."

"하면……?"

"조용히 움직여야겠지."

대덕 대사의 답에 십팔나한의 수좌승이 물었다.

"금강승을 빼내 오는 것은 어렵지 않을 것입니다. 하나 광마는……."

"저항하겠지."

"그러합니다. 저항하다 보면 소리가 나고, 시간이 지체될 것입니다. 그것은 다른 이들의 개입을 불러올 것입니다. 더구나 장소가 장소인지라……."

"좌포청의 관인들이 나서겠군."

"맞습니다. 만약 그리되면 그들은 어찌합니까?"

욱일승천의 기세인 몽고의 치세였다. 그들과 척을 져서 좋을 것은 없었다.

"혈도를 제압해 상하지 않도록 해야 할 걸세."

"하나 우리가 마주쳤던 포교가 다시 나서면 조용히 제압할 수 없을지도 모릅니다."

제압엔 자신이 있었다.

자그마치 금강수법승에 십팔나한이다. 아무리 성세가 기운 소림이라도 그 정도면 좀 뛰어난 포교 하나쯤은 충분했다.

"의원에서의 몸놀림을 보면 그럴 수도……. 하나 큰 상처를 입혀서는 아니 되네. 관부가 기분 나쁜 정도에서 그

쳐야지. 이 문제를 본산과 연결 짓게 만들어선 아니 된다는 뜻일세."

"압니다. 하지만 그러자면 우리 쪽이 피해를 볼 것입니다."

"그것은… 감수해야겠지."

대덕 대사의 음성에 십팔나한 수좌승이 짧게 불호를 외웠다.

"아미타불……."

❀   ❀   ❀

어두운 밤은 모든 것을 가려 준다 해서 흑야(黑夜), 또는 칠야(漆夜)라고도 부른다.

그 탓에 대부분 상서롭지 못한 일은 밤에 이루어진다. 귀신의 출몰이 그러하고, 밀실 야합이 그러하고, 침투 및 살인 또한 그러하다.

밤에 움직이는 이들은 검은 옷에 복면을 쓰는 경우가 많았다. 부정한 일을 하려 하니 자신의 진면목을 드러낼 수 없고, 또한 어둠에 쉽게 동화되기 위해서였다.

한데, 오늘 밤엔 조금 다른 밤손님들이 생겼다.

어둠에 동화되기는커녕 눈에 확 띄는 주황색에 가까운 가사에 달빛을 훤하게 반사시키는 민머리. 바로 대덕 대사를 비롯한 소림의 무승들이었다.

그들이 고양이보다 가볍게, 그리고 비호보다 날쌔게 좌포청의 담을 넘었다.

대저 담을 넘으면 안쪽에 있는 이들의 이목에 걸리지 않기 위하여 재빠르게 움직이는 것이 일반적이다. 한데 소림의 승려들은 담을 넘자마자 몸이 굳어 버렸다.

담 안쪽에 정렬해 있는 포쾌와 정용들 때문이었다.

놀란 건 이쪽도 마찬가지다. 동계 특별 야간 경비 강화 주간에 맞춰 전 포쾌와 정용들이 집결한 곳으로 난데없이 승려들이 뛰어들었으니 말이다.

"뭐요?"

삐딱한 음성으로 묻는 세영에게 대덕 대사는 두고두고 후회할 결정을 내리고 말았다.

"쳐, 쳐라!"

명령이 내려지자 당황해 있던 십팔나한이 부챗살처럼 흩어졌다.

"큭!"

"억!"

"컥!"

어디를 어떻게 쳤는지 짧은 비명과 함께 포쾌와 정용들이 삽시간에 쓰러져 갔다.

뒤늦게 그 상황을 확인한 수부타이의 명령이 떨어졌다.

"마, 막아라!"

명령을 내린 수부타이가 칼을 뽑아 들었다.

모여 있던 포쾌와 정용들이 일제히 육모방망이를 들었지만 조족지혈에 이란격석이었다.

그 순간, 세영이 움직이기 시작했다.

팡-

공기가 터져 나가는 음향이 울리고…

"으악!"

승려가 비명을 질렀다.

그럴 수밖에 없다. 냅다 달려와서 눈을 찌르는 데야 장사가 없으니까.

"이놈!"

주변에 있던 승려가 노호를 터트리며 봉을 휘둘렀다.

십팔나한의 주 무기는 봉이다. 그것도 사람 길이의 한 배 반은 되는 장봉(長棒). 기다란 길이만큼 휘둘러 오는 기세가 사납다.

하지만 그것도 맞아야 효과가 있는 것이다.

팡-

섬보가 터지고, 봉 끝에 있어야 할 세영의 신형이 승려의 가슴 안쪽에서 솟아올랐다.

"컥"

솟구치는 힘으로 턱을 받혔으니 충격이야 이루 말할 수

가 없다. 거기에 운이 나쁘게도 나한은 혀까지 깨물었다.

입가로 피를 흘리며 주저앉은 나한은 어쩔 줄 모르며 경중경중 뛰었다.

"이 마구니 놈!"

나한 셋이 달려든다.

혀를 깨문 나한의 등을 짚고 뛰어오른 세영의 손이 허공에서 뿌려졌다.

가람검엔 난예(亂藝)란 것이 있다.

선조 대대로 내려온 무예는 아니고, 세영을 가르친 담운 선사가 다년간의 경험과 연구를 바탕으로 창시한 무예였다.

무섭도록 빠른 섬보를 이용해 상대의 눈을 찌르고, 아래에서 치고 올라와 턱을 받아 버리는 일련의 공격도 바로 이 난예의 수법이다.

이름처럼 난잡한 무예이다 보니 담고 있는 것들이라고는 죄다 시전하는 순간 욕을 먹을 것들뿐이다.

바로 지금처럼.

"악!"

"이, 이게 무슨!"

"큭!"

달려들던 나한 셋이 눈을 부여잡았다.

세영의 손에서 먼지가 피어오르는 순간 눈을 감았는데,

무슨 수법을 쓴 것인지 그 전에 흙이 눈 속으로 들어간 것이다.

눈을 부여잡고 허우적대는 나한 셋을 가볍게 날아 차기로 제거했다.

쾅-

세 번의 타격이 마치 한 번 같은 충격음을 터트렸다. 그만큼 발이 빨랐던 것이다.

"이 비열한 놈!"

분노한 또 다른 나한 둘이 봉을 휘두르며 달려든다. 순간, 세영의 손이 바닥을 훑으며 떠올랐다.

자라보고 놀란 가슴 솥뚜껑 보고 놀란다는 말이 있다. 세영의 손이 바닥을 훑고 허공에서 펼쳐지려는 순간, 달려오던 두 나한이 눈을 감았다.

절대로 앞선 나한들처럼 흙을 뿌리는 비열한 수법에 당하지 않겠다는 의지였다.

하지만…

따딱-

무서운 속도로 날아든 짱돌에 맞은 두 나한은 감았던 눈을 뜨지 못하고 무너졌다.

세영이 움직이고 눈 두어 번 깜빡일 동안 나한 일곱이 무너졌다.

당황한 십팔나한의 수좌승이 고함을 쳤다.

"소나한진으로 놈을 잡아라!"

수좌승의 고함에 포쾌와 정용들을 들이치던 나한 여섯이 동시에 날아올랐다.

그걸 본 세영의 발이 묘하게 비틀렸다.

팡-

바람이 짓이겨 터져 나가고, 섬보에 몸을 맡긴 세영의 신형이 여섯 나한의 중심에서 솟구쳤다.

거의 모든 진법은 그 진법의 묘체에 맞는 진형이 완성되어야 비로소 발동된다. 그것은 소림의 자랑인 나한진도 마찬가지다.

그 탓에 진법의 완성과 완성 직전의 상태는 하늘과 땅의 차이를 가진다.

그리고 세영은 그 차이를 정확히 파고들었다.

퍼벅투버벅쾅-

여섯 번의 격돌음, 그리고 네 번의 신음.

"큽."

"컥!"

"윽."

"헉!"

정신을 잃은 나한 넷이 속절없이 떨어져 땅바닥에 처박혔고, 간신히 충격을 흘려보낸 나한 둘은 이를 악물어 고통을 참으며 바닥에 내려섰다.

투예(鬪藝)의 최고봉인 난타(亂打)가 작렬했음에도 둘이 빠져나갔다는 것만으로도 대단한 것이었다.

물론 일방적으로 당한 나한들의 입장에선 인정하기 싫겠지만.

팡-

숨 쉴 시간도 주지 않고 다시 공기가 터져 나갔다.

그리고 코앞에서 솟아오른 세영의 이마가 당황한 나한의 코를 그대로 들이받았다.

퍽-!

듣는 것만으로도 끔찍한 음향과 함께 간신히 난타를 피했던 나한 하나가 무너졌다.

"이익!"

소나한진을 구성하려다 이제 홀로 남게 된 나한이 놀람과 분노의 외침을 토했다.

그를 향해 재빨리 바닥을 훑은 세영의 손이 허공으로 비산했다.

"또 당할까 보냐!"

굳은 의지가 담긴 외침을 토하며 눈에 힘을 주는 나한의 얼굴을 황색의 먼지가 뒤덮었다.

"윽!"

흙이 들어간 눈을 자신도 모르게 감는 순간이었다.

쾅-!

무서운 충격이 뇌리를 흔들고, 나한의 정신은 새카만 암흑의 바다로 풍덩 빠져 버렸다.

"이노~ 옴!"

사나운 외침과 함께 십팔나한의 수좌승이 달려들었다.

그를 도와야 하는 나머지 십팔나한들은 사력을 다해 저항하는 포쾌와 정용들에게 발이 묶였다.

부웅-

삼 장 너머에서 움직인 장봉의 경력이 세영의 코앞에서 터져 올랐다.

비척-

마치 다리에 힘이 풀린 사람처럼 휘청인 세영의 신형이 경력의 폭발에서 반 보 옆으로 비켜섰다.

호신보법인 파보가 세영의 신형을 밀어낸 것이다.

"제법!"

놀라기보단 호승심이 인 수좌승의 고함이 좌포청 마당을 떨어 울렸다.

하지만 그 잔향이 채 가시기도 전에 수좌승의 입에서 비명이 터져 나왔다.

"커헉-!"

주먹이 날아왔다. 당연히 권법에 대비했다. 장봉의 길이가 더 기니 맞지 않을 것이라는 안도감도 있었다.

한데 주먹이 중간쯤에서 벌어지더니 느닷없이 짱돌이 튀

어나왔다. 이전의 나한들을 보았으니 하찮은 돌멩이라고 업신여길 수도 없었다.

십팔나한 수좌승의 발밑에서 환상처럼 연꽃이 피어올랐다. 소림 최고의 보법이라는 연대구품(蓮臺九品)이다. 연꽃잎이 9개가 아니라 아직 5개밖에 벌어지지 않았지만 그것만으로도 신기였다.

하지만 날아오는 짱돌을 주시하느라 사각으로 치고 올라오는 다리를 놓쳤다. 복부에서 느껴지는 화끈함이 모조리 입을 통해 비명으로 쏟아졌다.

문제는 그것에서 끝나지 않았다는 것이다.

허리가 꺾이며 피어오르던 연대구품이 순식간에 스러졌다. 날아드는 짱돌을 피할 보법이 중간에서 멈춰졌으니 결과는 명약관화다.

빡-

시원한 타격음과 함께 십팔나한 수좌승의 신형이 붕 떠올랐다.

우당탕탕-

짱돌에 어찌나 강력한 경력이 담겨 있었던지 수좌승은 수도 없이 굴러 좌포청 담장을 반쯤 부수고 틀어박힌 채 늘어졌다.

더 이상은 안 된다고 느꼈던지 포쾌와 정용들에게 발이 묶여 있던 나머지 나한 넷이 몸을 빼내 세영에게 쇄도했다.

팡-

공기가 터져 나가고, 섬보가 세영의 신형을 강하게 밀었다.

해 본 사람은 알겠지만, 빠르게 날아오는 물체를 강하게 후려치면 상상 이상의 반발력이 발생한다.

더구나 그때의 충격력은 때리는 이가 2할, 밀려나는 이가 8할을 감당해야 한다.

쾅-

비명도 지르지 못한 나한 하나가 저만치 떨어진 좌포청 담장을 부수고 밖으로 튕겨 나갔다.

빙글-

허공에서 신형을 돌린 세영의 발이 기이한 각도로 움직였다.

빠각-

발로 턱을 맞으면 별이 번쩍이고, 눈앞이 노래진다. 거기다 덤으로 정신은 까마득하게 날아가 버린다.

털썩-

힘없이 무너지는 나한의 몸을 방패막이 삼아 다른 두 나한의 공격을 비껴 낸 세영의 신형이 자신을 스쳐 지나간 나한들을 따라 달렸다.

팡-

또다시 공기가 터져 나가고.

쾅-

 세영을 놓치고 스쳐 지나간 나한 하나가 뒤통수를 부여잡고 무너졌다.

 끼이이익-

 바닥을 긁는 소리가 요란하게 울린다.

 무서운 속도의 섬보를 급작스럽게 세우며 방향을 꺾는 것은 세영으로서도 엄청난 노력과 반발력을 감수해야 하는 일이다.

 그 충격을 고스란히 받아 내며 신형을 세웠을 때, 단 하나 남은 나한의 옆구리가 바로 코앞이었다.

 이럴 땐 강한 공격도 필요 없다. 팔을 뒤로 잔뜩 잡아당겼다 힘껏 놓았다.

 퍽-

 "커헉!"

 날카로운 비명과 함께 옆구리가 활처럼 휜 마지막 나한이 저만치 나가떨어졌다.

 그때까지도 독한 손속을 쓰지 못해 수부타이를 눕히지 못하고 있던 대덕 대사가 급히 장력을 쳐 상대를 밀어냈다.

 "흐억!"

 그간 상대하던 것과 판이한 장력에 놀라 황급히 피하는 수부타이를 놓고 돌아선 대덕 대사의 신형이 먹이를 노리는 독수리처럼 세영을 향해 내리꽂혔다.

세영과 대덕 대사의 사이가 급격히 줄어들고, 잔뜩 끌어당긴 장력이 막 대덕 대사의 손을 떠날 찰나였다.

툭-

세영의 가벼운 발장단에 코가 깨진 채 정신을 잃고 늘어져 있던 나한의 신형이 허공으로 떠올랐다.

한데 그 경로가 고약했다. 대덕 대사가 세영을 향해 장력을 쳐내면 반드시 지나가야 할 길목이었던 것이다.

화들짝 놀란 대덕 대사가 손을 거둬들이는 순간, 공중으로 떠오른 나한의 신형을 스치며 짱돌 하나가 날아들었다.

"억!"

비명은 강렬한 충격과 산뜻한 격타음을 동반했다.

빡-

대덕 대사가 이십 년 만에 무언가에 얻어맞고 정신을 잃는 순간이었다.

제29장
소림을 자극하다

 대덕 대사가 눈을 뜬 것은 누군가 자신을 흔든다는 느낌 때문이었다.
 "끄응……."
 정신이 들자 가장 먼저 찾아온 것은 머리가 깨질 것 같은 두통이었다.
 "정신이 드십니까?"
 걱정스런 음성에 머리를 짚었던 대덕 대사가 고개를 들었다.
 "자네……."
 의원에서 잡혀 들어갔던 금강승이 대덕 대사에게 고개를 끄덕였다.

"예, 소승입니다. 머리는 괜찮으십니까?"
"깨질 듯하구먼."
"그게… 정말 상처를 입으셨습니다."
금강승의 말에 대덕 대사가 머리를 더듬었다.
"흠……."
제일 먼저 피딱지가 만져지고, 작지 않은 상처가 손끝으로 느껴졌다.
"포쾌들의 말을 들으니 흉기에 맞으셨다고……."
흉기? 그러고 보니 기억이 났다. 순식간에 날아든 짱돌이…….
"흐음… 돌멩이……."
세상이 알면 웃음거리가 될 일이다. 소림의 금강수법승이 한낱 돌팔매에 당했다니.
잔뜩 침울해하는 대덕 대사에게 금강승이 조심스럽게 말했다.
"저기… 다른 승려들이 걱정입니다."
"다른 이들?"
"예, 십팔나한이 모두 취조실로 끌려갔습니다."
그 말에 고개를 돌리니 뇌옥에 투옥되어 있는 이들은 자신들 둘뿐이었다.
그걸 확인한 대덕 대사가 물었다.
"아니, 왜?"

48 • 포교

"그게… 기본 심문이라는 것을 하는 도중에 십팔나한이라고 답했다가……."
"십팔나한이라는 것이 무슨 문제라고?"
"부, 불법 왈패 무리라고……."
"뭐?"
어이없어하는 대덕 대사의 물음에 금강승은 어찌 답해야 할지 몰라 쩔쩔맸다.

취조실에는 다른 때에 비해 많은 이들이 천장에 달아매져 있었다. 자그마치 열여덟의 죄인이 취조실을 꽉 채우며 주렁주렁 매달려 있었던 것이다.
"그러니까 십팔나한파가 너희 열여덟이다, 이거지?"
세영의 물음에 수좌승은 답답하다는 듯이 답했다.
"우리는 무슨 파가 아니오!"
"아아, 그래그래, 그냥 십팔나한. 맞나?"
"그렇소."
"좋아, 십팔나한. 그럼 이렇게 열여덟 명이 한 패거리라 이거지?"
"패거리라니, 말이 지나치시오!"
"참 내… 그래그래, 뭐, 패거리나 아니나 열여덟이 한 무리인 건 달라지지 않으니까. 그럼 무슨 일이 생기면 이렇게 열여덟이 함께 움직이는 건가?"

"대부분은… 하지만 반드시 그런 건 아니오."

수좌승의 답에 세영이 고개를 끄덕였다.

"개별 활동도 한다……. 그래, 그래도 십팔나한인데, 명령은 한 사람이 내릴 거 아니야?"

"명령이랄 것까지는 없으나 본 승이 이들을 대표하오이다."

"아! 그러니까 이름이… 그래, 유덕(諭德)이, 네가 수괴다?"

"수괴라니! 표현이 너무 과하질 않소!"

"그럼 뭐라 부르지?"

"수좌승이오."

"그래, 수좌."

"수좌승!"

"아아, 그래그래, 수좌승. 뭐, 수좌승이나 수좌나 그게 그 거니까 그냥 수좌로 하자."

불만이 없는 건 아니었지만 그런 걸로 입씨름을 할 계제가 아니었기에 십팔나한의 수좌승인 유덕 대사가 고개를 끄덕였다.

그런 유덕 대사를 바라보며 부드럽게 미소 지은 세영이 물었다.

"좋아. 그럼 주로 하는 일이 뭐야?"

"불법을 업신여기는 파계승들과 타락한 마두들을 잡아들

이는 일을 하오."

"그들의 동의하에?"

"불법을 어지럽히는 파계승들과 사악한 마두들에게 동의는 필요치 않소."

"흠… 그럼 그 과정이 말로만 이루어지나?"

"불법(佛法)으로 계몽될 이들이라면 우리 십팔나한이 나서지도 않았을 터. 나한의 힘으로 그들을 제압하고 있소."

"힘이라……. 무력? 좀 솔직하게 이야기하면 폭력?"

"뭐, 굳이 직설적으로 표현한다면야……."

"그래그래, 기왕 부는 거, 이렇게 솔직한 게 좋은 거지."

"무슨… 소리요?"

"아, 아니야, 아무것도. 그나저나 자주 제압하러 나가나?"

"자주는 아니지만 두어 달에 한 번 정도는 될 게요."

"두어 달에 한 번이면 좀 불명확한데. 그냥 두 달에 한 번으로 할까?"

세영의 물음에 유덕 대사가 순순히 고개를 끄덕였다.

"대충 그쯤 되는 듯하구려."

"좋아, 그럼 두 달에 한 번, 그러니까 일 년에 여섯 번씩이라……."

"한데 아까부터 뭘 그리 열심히 적는 게요?"

유덕 대사의 물음에 세영은 열심히 적으며 답했다.

"응, 조서."

"조서?"

"수사 기록 또는 진술서라고 해야 하나? 그런 거지."

물으면 묻는 대로 답을 해 주면서도 열심히 글을 적던 세영이 마침내 자리에서 일어섰다.

"자- 다 됐다. 이제 여기다 네 수결만 놓으면 돼."

"수결은 왜 놓는단 말이오?"

"여기 적힌 것이 네가 한 말이 맞다고 인정하는 거지."

"그럼 어디 한번 확인해 봅시다."

유덕 대사의 요구에 세영이 자신이 작성한 조서를 그의 눈앞에 쫙 펼쳐 줬다.

그걸 유덕 대사가 소리 내어 읽었다.

"범죄 조직 단속 조서. 범죄단체명 십팔나한파, 인적 구성 열여덟 명, 수괴는 유덕, 주 범죄행위는 납치, 폭력. 범죄 수행 시기 및 횟수는 두 달에 한 차례씩 일 년에 여섯 차례? 이, 이게 무슨 소리요?"

"네가 여태껏 진술한 내용이잖아. 금세 잊어버린 거야?"

"내, 내가 언제… 이건 말도 되지 않는 내용이질 않소!"

유덕 대사의 반발에 세영이 핀잔을 주었다.

"어째 이것들은 잡혀 오면 하나같이 오리발일까? 어이, 이축."

"예, 포교님."

한쪽 구석에서 불안한 표정으로 상황을 주시하던 이축

이 다가왔다.
"잡아!"
"예?"
"잡으라고."
"왜, 왜요?"
"수결을 놓으려면 잡아야지 별수 있냐?"
"하, 하지만… 이분들은 소림사의……."
당황하는 이축의 말을 세영이 잘라 버렸다.
"소림사고 대림사고 간에 관부를 습격한 범죄자들이야. 소림사의 승려라고 범죄를 저질러도 된다는 뜻은 아닐 테지?"
"그, 그야……."
"그럼 잔말 말고 와서 붙잡아."
세영의 말에 이축은 할 수 없이 다가와 유덕 대사의 몸을 잡았다.
"뭐, 뭐하는 거요?"
놀란 유덕 대사가 몸부림쳤지만, 허공에 매달린 상태에서, 그것도 이축에게 단단히 잡힌 채 그가 할 수 있는 저항은 미미한 것에 불과했다.
그런 유덕 대사의 손에 인주(印朱)를 묻힌 세영이 조서에 손바닥을 찍었다.
"끝! 이번엔 저놈 앞으로 끌어와."

망연자실한 유덕 대사를 밀쳐 내며 세영이 이축에게 지시하고 있었다.

※ ※ ※

 세영이 제출한 조서를 받아 든 수부타이가 실소를 지었다.
 "이걸 그들이 수긍했단 말인가?"
 "예, 거기 수결도 찍혀 있지 않습니까?"
 "강제로 찍은 건 아니고?"
 "강제고 스스로고, 찍은 건 찍은 거니까요."
 세영의 답에 수부타이는 할 말을 잃었다.
 감히 관부를 습격한 자들이었다. 법대로 치자면 모조리 참형에 처해도 무방할 자들이지만, 그들이 소림사 출신이라는 것이 마음에 걸렸다.
 거기다 그들에게 당했던 포쾌와 정용들도 반나절 만에 아무런 이상 없이 깨어났다. 저들이 관인을 상하게 하지 않기 위해 철저하게 혈만을 제압했기 때문이다.
 그런 이들을 상대로 죄를 묻는다는 것이 수부타이는 편치 않았다.
 "그나저나 이건 뭔가? 불법 범죄단체 조직 죄?"
 "십팔나한파라더군요."

"후우~"

낮은 한숨과 함께 수부타이가 세영을 바라보았다.

지난밤의 일로 결코 평범한 이가 아니란 걸 깨달았다. 유명한 무림인들을 잡아들일 때부터 무언가 있다는 건 알았지만, 직접 자신의 눈앞에서 난다 긴다 하는 소림사의 무승들이 손 한번 제대로 못 써 보고 순식간에 나가떨어지는 것을 보면서 확신할 수 있었다.

그런 인사가 소림사의 십팔나한을 모를 리 없다. 설사 출신이 고려이기 때문에 중원 소식에 어둡다 해도 함께 있는 포쾌들이 말해 주지 않았을 리 만무했다.

하니 이렇게까지 하는 데는 이유가 있을 터였다.

"이유를 말해 보게."

"예?"

"예는 무슨… 일을 이렇게 몰고 가는 이유가 있을 게 아닌가?"

수부타이의 말에 세영이 희미하게 미소를 지었다.

그 미소 속엔 분명 제법이란 의미가 깔려 있었다. 그걸 알면서도 수부타이는 조용히 세영의 답을 기다렸다. 적어도 세영이 그만한 대우는 받을 수 있는 능력을 가졌다는 걸 확인한 까닭이었다.

"에… 그렇게 물으신다면……. 지켜야 할 사람이 생겼습니다."

"지켜야 할 사람이라……. 혹 꿩마라던 피해자인가?"

역시 눈치가 빠르다. 몽고의 전통 무인이라더니 칼 솜씨는 별론데 머리는 제법 잘 돌아가는 듯했다.

"그도 있고, 초련이란 기녀도 그렇고……."

"왜 보호해야 하는지는 묻지 않지. 다만, 너무 앞서 가진 말게. 지금 당장은 비세를 보인다지만 소림은 그리 만만한 곳이 아닐세. 일전에 상대했던 이들과는 전혀 다른 이들이란 소리지."

"압니다."

왜 모를까? 사부가 중원 무림을 이야기할 때면 침이 마르게 칭찬하던 곳인 것을.

"하면 길게 이야기하지 않겠네. 알아서 처리하게. 이건 그때까지 내가 보관하지."

조서를 갈무리하는 수부타이의 말에 세영이 답했다.

"알겠습니다, 포령."

그렇게 돌아서는 세영에게 수부타이가 말했다.

"어젯밤엔… 고마웠네."

대덕 대사에게 걸려 쩔쩔매던 수부타이였다. 그가 수하들 앞에서 혼절하지 않도록 대덕 대사를 유인해 준 것을 고마워하는 것이었다.

"별말씀을……."

가볍게 고개를 숙여 보인 세영이 포령의 집무실을 나섰다.

❈   ❈   ❈

 대덕 대사의 표정은 잔뜩 일그러져 있었다.
 내력이 움직이지 않는 것을 보아선 분명 혈도를 제압당한 것일 텐데, 묘하게도 막힌 혈을 찾을 수가 없었다.
 뿐인가? 육체적인 힘마저 제대로 모이지 않았다. 이런 현상은 들어 본 적도 없었다.
 "사술일까요?"
 함께 갇혀 있는 금강승의 물음에 대덕 대사는 고개를 저었다.
 사술이라면 사이한 기운이 느껴져야만 했다. 하지만 자신이나 금강승의 몸에서 사이한 기운은 전혀 찾아볼 수 없었다.
 내력이 금제된 까닭에 기감이 무뎌진 것이 아니냐고 물을 수도 있겠지만, 불법에 정진한 지 50년이 넘는다. 그렇게 쌓인 불법이 알아차리지 못하는 사이함은 있을 수 없었다.
 "사술은 아니지 싶네."
 "하면……?"
 무언가를 물으려던 금강승의 입이 다물렸다. 뇌옥으로 세영이 들어서는 걸 보았기 때문이었다.
 "왜, 내 흉이라도 보던 중이었나? 입을 다물게."
 뇌옥 앞에 쪼그려 앉는 세영의 시비에 금강승이 고개를

소림을 자극하다 • 57

저었다.

"그런 거 아니었소."

"말은 잘하지. 그나저나 그쪽이 이거라면서?"

자신을 향해 엄지손가락을 들어 보이는 세영에게 대덕 대사가 고개를 저었다.

"그리 칭해질 만한 자리에 있지 않소이다."

"하면 이야기가 안 되겠네."

그 말과 함께 두말없이 일어서던 세영이 고개를 돌렸다.

"참! 관부 습격은 참형인 거 알지? 거기다 불법 범죄단체 조직이니까 조직적인 관부 습격 정도가 끼워 맞춰지려나? 목만 베이는 게 아니라 오체분시쯤 될 거야. 그럼 잘 가라고."

세영의 말에 대덕 대사가 황급히 물었다.

"모, 목을 벤단 말이오?"

"그럼 관부를 습격하면서 아무런 죄도 안 받을 줄 알았어?"

"하, 하지만 우린 아무도 상하게 하지 않았소이다."

"그야 모르지. 제압당하지 않았으면 무슨 짓을 저질렀을지 말이야. 모르나 본데, 십파나한파의 수괴인 유덕이 자백했어. 폭력과 납치가 지들 특기라고. 그러니 제압당하지 않았다면 관인들을 모두 납치했을 수도 있겠지."

"십팔나한파?"

어이없어하는 대덕 대사에게 피식 웃어 보인 세영이 걸음을 옮겼다. 그런 그를 다시 대덕 대사가 불러 세웠다.
"자, 잠깐!"
"왜?"
"이, 이야기를 해 봅시다."
"이거도 아니라면서? 쫄따구하고 이야기할 문제도 아니고, 시간 낭비야."
무심히 돌아서는 세영에게 대덕 대사가 말했다.
"내, 내가 책임자요."
"정말?"
되돌아서 묻는 세영에게 대덕 대사가 고개를 끄덕였다.
"맞소. 현재 이곳에 들어와 있는 이들 중에선 내가 책임자요."
"하면 그쪽과 이야기가 되면 그 위하고도 해결이 되는 건가?"
"사, 사안에 따라서는……."
대덕 대사의 답에 세영이 다시 뇌옥 앞에 쪼그리고 앉았다.
"좋아, 그럼 우리 대화를 시작해 보자고."
창살 앞에서 환하게 웃는 세영의 얼굴이 대덕 대사는 왠지 두려웠다.

세영이 가져다준 종이에 본사로 가는 서찰을 쓴 대덕 대사의 얼굴은 상당히 어두웠다. 그런 그에게 세영이 물었다.

"그러니까 이걸 보내면 답이 올 거다, 그거요, 스님?"

이 서찰을 쓰면서부터 세영이 이들을 부르는 호칭이 '야', '너', '자식들', '그쪽'에서 '스님'으로 바뀌었다.

"맞소, 가타부타 답이 있을 게요."

"좋소, 하면 이걸 보내 보리다."

서찰을 들고 일어서던 세영이 저만치 앉아 있던 옥지기를 불렀다.

"야- 저필."

"예, 포교님."

"스님들 식사, 신경 써라."

"하면 저번처럼 길 건너 제일 객잔에서……?"

"거긴 고기 안 들어간 음식이 거의 없잖아. 미향각에다 이야기해 둘 테니 받아다 줘."

"어휴, 미향각이면 금액이……?"

"너보고 내란 소리 안 해."

"아, 예. 헤헤헤."

실없이 웃는 저필을 뒤로하고 뇌옥을 나서던 세영이 뒤늦게 생각난 듯이 고개를 돌렸다.

"너도 그곳에서 먹고 싶은 걸로 가져다 먹고."

"그, 그래도 됩니까?"

"그래. 먹는 게 남는 거다. 좋은 걸로 먹어."

할 말을 다했던지 다시 발걸음을 옮기는 세영의 뒤에서 저필이 고개를 숙였다.

"감사합니다!"

저필의 음성에 세영은 멀어져 가며 그저 손을 들어 흔들어 보일 뿐이었다.

❈   ❈   ❈

태산북두(泰山北斗).

무림에서 소림을 이르는 말이다. 아니, 말이었다. 적어도 80년 전까진.

당대 소림신승이자 십대고수의 일인이었던 무허(無虛) 대사가 입적한 이래로 소림은 그 이름을 빛낼 극강의 고수를 배출하지 못했다.

거기다 30여 년 전쯤 금이 송을 밀어내고 하남을 차지한 연후, 금나라를 적대시하는 정책을 펴는 바람에 세력이 크게 위축되었다.

이후 금을 격파하고 몽고가 들어섰지만 여전히 소림사는 한족이 지배하지 않는 나라에 대해 부정적인 입장을 취하고 있었다.

그리고 그것은 소림사의 추락을 가속화시켰다.

그 탓에 지금의 소림은 이빨 빠진 호랑이에 불과하다는 평이 지배적이었다.

그런 소림사의 중지 중 중지인 방장실에 때 아닌 침음이 가득했다.

"이런 일이……."

방장이 내민 서찰을 받아 읽은 나한전주의 표정은 잔뜩 굳어 있었다.

"이 일을 어찌하였으면 좋겠소?"

방장의 물음에 팔대호원을 맡은 호원주가 칼칼한 음성을 세웠다.

"당장 팔대호원을 이끌고 내려가 놈을 잡아 꿇려야지요."

"금강수법승과 십팔나한이 내려가 사로잡힌 상대요. 팔대호원으로 가능하겠소이까?"

장경각주의 말에 호원주가 발끈했다.

"그것이 무슨 뜻에서 하시는 말씀이십니까? 하면 사형께선 우리 팔대호원이 놈에게 당하기라도 할 것이란 말씀이십니까?"

"금강수법승에 금강승 하나, 거기에 십팔나한이었소이다. 그만한 전력이면 팔대호원보다는 한 수 위라는 것을 인정해야 한다, 그 말이외다."

"사형!"

장경각주와 호원주의 대립에 방장이 끼어들었다.

"지금 우리끼리 말다툼이나 하자고 모인 것이 아닐세."
"험험."
"허험!"

헛기침을 해 대는 두 사람을 바라보며 작게 고개를 저은 방장이 어두운 표정으로 앉아 있는 나한전주를 돌아보았다.

"어찌 생각하시는가?"

"금강수법승에 금강승 하나, 거기에 십팔나한이었습니다. 사실상 우리 소림이 외부로 돌릴 수 있는 전력의 최대치가 아닙니까? 그들이 꺾였다면… 달리 방법이 없습니다."

나한전주의 답에 방장의 얼굴이 어두워졌다. 그런 방장에게 장경각주가 말했다.

"하긴 두 자리가 비어 있는 사대금강이 모조리 동원된 것에다 십팔나한까지 보탰으니 우리로선 할 만큼 한 것이지. 거기다 관부를 습격하다 사로잡힌 것이라지 않소이까. 달리 방법이 없으니 그 뜻을 좇을 수밖에."

"하면 사형은 겨우 포교 놈 하나의 겁박에 우리 소림이 뜻을 꺾자, 그 말씀이십니까?"

다시금 발끈하는 호원주의 말에 그동안 입을 다물고 있던 계율원주가 나섰다.

"그건 호원주의 말이 옳습니다. 현실이 따라 주지 못한다고는 하나, 이렇듯 힘없이 꺾일 수는 없지요."

"하면 어찌하자는 겐가?"

장경각주의 물음에 계율원주가 조심스럽게 답했다.

"팔대호원이 저리 나가길 원하니 한 번쯤 들어주는 것도 나쁘지 않을 것입니다. 거기다 계율원에서 규찰승(糾察僧) 넷을 더 얹지요."

규찰승이면 팔대호원에 상당하는 능력을 가진 무승들이다. 그들 넷이 합류하면 팔대호원이 십이대호원이 되는 셈이었다.

"그리되면 지금 사로잡힌 이들보다는 분명 한 수 위겠지요?"

호원주의 말에 장경각주는 아무 말도 하지 못했다.

그날, 소림은 그렇게 다시 12명의 무승을 산 아래로 내려 보냈다.

❀   ❀   ❀

개방이 둘로 나뉘어져 세가 줄어들었다지만, 아직도 개방에 소속된 걸개들의 수는 2만에 달했다.

10만 방도를 거느리고 중원 전역의 정보를 주무르던 과거와는 물론 비교할 수 없겠지만, 지금도 그 2만 방도로 하북과 하남, 산서와 산동 일원의 정보는 손바닥 들여다보듯이 자세히 알고 있었다.

그런 개방에서 세영에게 한 가지 정보가 날아들었다.
"소림 무승 열둘이 하산을 했다?"
"예, 그리 전해 올리라는 방주님의 전언이 계셨습니다."
소식을 가져온 걸개의 답에 세영이 물었다.
"한데 요새 노형님은 뭐하느라 코빼기도 안 보이는 거야?"
"그것이… 궁가방과의 일이 여의치 않아서……."
"궁가방이 왜?"
"그것은… 제가 드릴 말씀이 아닌 듯합니다요, 대인."
왠지 뒤로 발을 빼는 걸개의 모습에 세영은 더 이상 묻지 않았다.
"자- 이건 가다 요기라도 하고."
은자 두어 개를 내주는 세영에게 걸개는 거듭 인사를 건네며 돌아갔다.
돈에 관한 한 개방도는 걸개의 본분을 잊지 않는다. 그것이 설사 방주의 심부름을 온 길이라 하더라도 내주는 돈은 마다치 않는 것이다.
무인의 자존심? 개방도에게 있어 자존심은 협의를 지킬 때만 드러내는 것이었다.
멀어져 가는 걸개를 바라보던 세영이 서쪽, 하남을 바라보았다.
"온단 말이지……."

세영의 중얼거림에서 음흉한 냄새가 흘러나왔다.

호원주는 자신과 함께 팔대호원을 구성하는 7명의 무승들과 계율원의 규찰승 넷을 더해 11명의 고수들을 이끌고 개봉으로 들어섰다.
 일부러 시간을 맞춰 밤에 도착한 까닭에 그들이 성안으로 들어서는 것을 본 사람들은 아무도 없었다.
 물론 그것은 호원주만의 생각이었지만…….

"놈들이 개봉으로 들어섰답니다."
 야행복과 복면까지 뒤집어쓴 막야의 말에 세영이 물었다.
 "어떻게 안 거야?"
 "예?"
 "나랑 같이 있었는데 그걸 어찌 알았냐고."
 "그야… 다른 막원들이 전해 주는 소식으로……."
 "이런… 내 말은, 그 소식을 전하러 온 놈이 아무도 없는데 그걸 어찌 알았냐는 말이다!"
 "아! 저희는 새소리로 간단한 정보를 전할 수 있습니다, 대인."
 "새소리?"
 "예, 조금 전에 울린 올빼미 소리 같은 것입지요."
 "아~ 그럼 지금 울린 저 소리는?"

잔뜩 기대하는 세영의 물음에 막야가 난처한 음성으로 답했다.

"지금 건… 그냥 새가 낸 소린데요."

"진짜 새?"

"예."

막야의 답에 세영이 먼 산을 바라보았다.

"험험, 나도 알고 있었어."

"그, 그러셨겠죠, 암요."

부엉, 부엉.

때마침 들려온 부엉이 소리에 세영이 말했다.

"저것도 그냥 새소리지. 내가 딱 들으면 안다니까."

"그, 그게……"

왠지 난처해 보이는 막야의 눈빛에 세영이 물었다.

"아… 니냐?"

"예."

"하면……?"

"놈들이 거의 도착해 간다는 뜻입니다."

"빌어먹을! 알았다. 준비하라고 전해."

"예, 대인."

답을 한 막야의 신형이 사라지자 세영도 천천히 방을 벗어났다.

제30장
협상을 하다

 소림의 무공을 언급할 때 빠지지 않는 화두는 정직함이다. 소림이 가진 무공 중 암습이 가능한 무공이나 은신의 기능을 가진 무공이 없기 때문이다.

 그럼에도 굳이 끄집어낸다면 백보신권 정도가 장거리 공격이 가능하다는 점에서 암습용으로 사용될 수 있을 것이다.

 하지만 그 이름처럼 정말로 백 보 밖에서 상대를 격살시킬 수 있는 능력은 없었다. 기껏해야 서너 보, 길어야 10여 보 안팎이다.

 창시자부터 역대 전수자까지 실제로 백 보 밖의 목표를 공격할 수 있었던 적은 단 한 차례도 없다. 그럼에도 백보신권이란 이름이 붙은 것은 원거리 공격이 가능하다는 상징성에 있다고 봐야 했다.

물론 부풀리기 좋아하는 세간의 호사가들이 한몫했다는 것도 부정할 수 없었다.

그 백보신권의 당대 전수자는 팔대호원을 이끄는 호원주였다. 공격은 바로 그 호원주의 백보신권으로 시작되었다.

버젓이 다가와 3보 앞에서 내지르는 정권을 물끄러미 바라보던 세영은 황급히 신형을 비틀어야 했다.

찌이이익-

늦었다지만 파보를 최대치로 시전했음에도 앞섶이 찢겨 나가는 것을 막지 못했다.

놀라서 동그랗게 뜬 눈에 상대의 정권이 다시 뻗어 나오는 것이 보였다.

펑-

이번엔 허공에서 폭음이 울렸다.

제때 발휘된 파보가 공격로에서 세영의 신형을 밀어낸 덕에 허공을 때린 까닭이었다.

상대의 공격 방식을 알아낸 세영이 희미하게 웃었다.

이런 류의 공격이라면 몽고가 내세운 무림인들과의 싸움에서도 적지 않게 겪어 보았다. 비록 그 공격들이 백보신권 같은 고절한 수법들은 아니었지만 말이다.

"이런 걸 보면 우리 게 정말 정직하다니까."

혼자 중얼거린 세영의 신형이 공간에서 사라졌다. 대신 그 자리를 강력한 바람의 충격이 채웠다.

 팡-

 공기조차 제대로 쫓지 못해서 강력한 충격파를 남긴다는 섬보가 펼쳐졌다.

 당황하는 호원주의 코앞에서 세영의 신형이 솟구쳤다.

 타닥-

 두 번의 충돌은 상대의 손에 막혔다.

 중원에 와서 처음 겪는 일이다. 그렇다고 상대가 이전의 적들보다 강한 건 아니다.

 "너무 우습게 봤군."

 다른 이가 했다면 비웃어 주었을 말을 세영이 내뱉었다. 그만큼 요사이 충돌한 무림인들은 세영을 긴장시키지 못했던 것이다.

 언제나 그렇지만 실수는 허점을 유발한다. 그리고 상대에게 그 허점은 절호의 기회다. 이번에도 그건 마찬가지였다.

 세영의 공격을 막아 낸 호원주의 주먹이 기묘한 움직임을 보였다. 그건 마치 주먹이 아니라 손톱을 세운 동물의 움직임 같은 것이었다.

 투다닥, 찌익-

 또다시 두어 번의 충돌이 벌어지고 길게 소매가 찢긴 세영이 뒤로 물러났다.

찢겨 나간 소매를 내려다보는 세영을 호원주가 들이쳤다.

크어어어엉!

난데없이 범의 포효가 상대의 주먹에서 터져 나왔다. 아니, 정확히는 상대의 주먹이 공기를 찢어 내며 날아드는 소리가 그리 들렸다.

퍼벙-

손바닥을 펼쳐 부드럽게 호원주의 주먹을 감싸 충격력을 훑었다. 하지만…

"흐음……."

세영의 입에서 침음이 흘렀다.

호원주의 주먹을 감쌌던 손바닥에 길게 상처가 남은 탓이다.

세영은 몰랐지만 호원주가 백보신권을 버리고 선택한 무공은 그 이름도 유명한 소림오권의 호권(虎拳)이다.

범의 움직임을 본 따 만들었다는 호권은 강력한 힘과 날카로운 파괴력이 상징이었다.

그것에 맞닥뜨린 세영의 눈매가 가늘어졌다.

'상대의 무공이 강하고 날카롭다면, 뭉툭하고 음흉한 것으로 받아친다.'

결정이 서자 세영의 신형이 흩어졌다.

팡-

이미 경험으로 알면서도 막을 수 없을 만큼 세영의 섬보는 빨랐다. 거기다 이번에 치고 들어온 공격은 손 하나만을 이용한 것이 아니었다.

날아드는 주먹을 막았는데, 어느새 세영의 무릎이 옆구리로 밀고 들어왔다.

쿡-

무릎에 의한 공격이라고 믿을 수 없을 정도로 충격은 적었다. 마치 바늘로 찌르는 듯이. 기회를 잡은 호원주가 주먹을 휘둘러 세영을 밀어내고 뒤로 물러섰다.

한데, 물러서던 다리에서 갑자기 힘이 빠졌다.

"허억!"

뒤로 물러나면서 주저앉은 호원주의 입가로 피가 비쳤다. 뿐만 아니다. 옆구리에서 일어난 통증이 척추를 타고 머리를 강타했다.

눈앞이 아찔해지고 시야가 아른거렸다. 그렇게 흐려진 시야로 먹이를 노리는 매처럼 날아드는 세영의 모습이 보였다.

쾅-

강력한 충격이 다시 머리를 흔들고, 호원주의 정신은 까마득히 먼 곳으로 날아가 버렸다.

털썩-

힘없이 무너진 호원주를 바라보는 세영의 곁으로 막야가 내려섰다.

협상을 하다 • 75

"문제가 생겼습니다."

"여기 있었어야 하는 다른 놈들 때문이겠지?"

"예, 저자와 흩어진 승려들이 뇌옥으로 침투했습니다."

당장 깊게 가라앉은 세영의 시선이 막야에게 돌려졌다.

"포쾌들은?"

"경비를 서던 두엇이 당했습니다만… 생명에는 지장이 없습니다."

"하면 뇌옥은?"

"막원들이 막고는 있지만……."

제아무리 살막의 자객이라도 암습도 아니고 정면 대결로 소림의 무승들을 오래 붙잡고 있을 수는 없다.

곧바로 세영의 발이 움직였다.

팡-

짧은 충격파만을 남겨 놓은 세영의 신형이 사라지자 막야도 황급히 움직였다.

"컥-!"

자객으로선 충분히 상대를 죽일 수 있을 2호가 팔대호원 한 명의 손속에 걸려 형편없이 날아가 처박혔다.

"막아!"

1호의 명령에 뒤를 받치고 있던 다른 자객이 들어섰지만 역부족이다. 살막 십대자객도 못 막은 자를 일반 자객이 막을 리 없었던 것이다.

"흐억-"

쿵

비명과 함께 단박에 날아간 자객이 뇌옥 벽을 반쯤 부수며 처박혔다.

그렇게 열린 길을 통해 금강승을 둘러업은 팔대호원 한 명이 뇌옥을 벗어났다.

그 직후…

꽝-

모골이 송연한 음향을 동반한 채 방금 전에 뇌옥을 나갔던 팔대호원이 둘러업고 있던 금강승과 함께 도로 튕겨 들어왔다.

우당탕탕-

거친 소음과 함께 튕겨 들어온 팔대호원과 금강승은 어찌 된 일인지 움직이지 않았다.

놀란 소림승들이 바라보는 입구로 천천히 세영이 걸어 들어왔다.

"탈옥수에 탈옥을 돕는 놈들이라……. 제 발로 뇌옥에 들어온 것을 후회하게 해 주지!"

싸늘한 세영의 음성에 규찰승 하나가 고함을 쳤다.

"놈을 쳐라!"

그 고함에 규찰승 넷이 동시에 달려들었다.

그리고 소림승들은 보았다. 동시에 4개로 나뉘는 세영의 신형을…

파바바방-

정확히 네 번의 충격음. 그리고 네 방향으로 처박힌 규찰승들.

빠른 섬보와 강력한 파괴력을 가진 폭타가 만들어 낸 작품이었다.

자신이 만들어 낸 모습에 세영이 만족한 반면, 그 장면을 보고 있던 팔대호원들은 그렇지 않았던 모양이다. 세영이 자리에 내려서기 무섭게 호원주가 빠진 팔대호원 일곱이 동시에 세영을 향해 쇄도했다.

팔문금쇄(八門金鎖).

8개의 문을 모두 봉한다는 뜻의 이 말은 사실 위의 조조가 만들어 냈다는 군진이다. 간단히 말해 여덟 방위, 다시 말해 팔방을 막아 적군을 가두는 이것이 무림으로 넘어오면서 소림의 팔대호원이 이를 차용했다.

그렇게 탄생한 것이 바로 팔금진(八擒陣)이다.

불가의 진법답게 상대를 살상하는 것이 아니라 사로잡는 것이 주목적인 진법이었지만, 그 압력만큼은 어떤 살진(殺陣)보다 강력하다.

물론 진을 구성하는 8명이 모두 모였을 때의 이야기겠지만.

직전에도 말했지만 허점은 상대에겐 기회다.

쾅-

거친 폭음과 함께 진이 깨졌다.

팔방의 한 방위가 빈 것이 결정적 이유였다. 그렇게 진이 깨지자 그 후폭풍에 팔대호원들이 휩쓸렸다.

그런 팔대호원들을 제압하는 것은 어려운 일이 아니었다.

파방팡팡팡팡팡-

일곱 번의 파공성, 그리고 일곱 번의 섬보.

길게 뻗어 버린 7명의 팔대호원들을 바라보며 세영이 명했다.

"이것들, 모조리 잡아넣어."

세영의 명에 살막의 자객들은 자신들이 포쾌냐 정용이냐며 작게 투덜거리면서도 충실히 소림승들을 묶어 뇌옥에 가둬 두었다.

열둘이나 하는 소림사의 무승들을 간단하게 박살 내 놓는 인사에게 대 놓고 대들 수 없었던 까닭이었다.

※   ※   ※

대덕 대사는 자신을 멀뚱히 바라보고 앉아 있는 호원주를 향해 혀를 찰 수밖에 없었다.

"쯧."

협상을 하다 • 79

"거, 스님이 혀 차는 모습은 보기 좋지 않소이다만."

창살에 턱을 괴고 내려다보던 세영의 이죽거림에 대덕 대사가 물었다.

"이제 어찌할 생각이신가?"

"스님이 서찰 하나를 다시 써야 하지 않겠수?"

"하면 아직 대화의 의지가 남았다는 게요?"

반색하는 대덕 대사에게 세영이 어깨를 으쓱여 보였다.

"이번만큼은."

그 말은 다음엔 국물도 없다는 말을 대신하고 있었다.

"물론이요."

대덕 대사의 수긍에 세영은 다시 뇌옥 안으로 문방사우를 들여 주었다.

그렇게 새롭게 작성된 서찰이 다시금 소림을 향해 날았다.

"흐음……."

방장의 침음을 소림의 고승들이 침울한 얼굴로 바라보았다. 그런 이들을 일별한 방장이 입을 뗐다.

"대덕이… 소림을 개봉부 좌포청의 뇌옥으로 옮길 심산이냐고 물어 왔구려."

정말이었다. 대덕 대사가 새롭게 보낸 서찰은 딱 한 줄만이 쓰여 있었다.

〈방장 사형, 소림을 개봉부 좌포청의 뇌옥으로 옮길 심산이십니까?〉

여기저기에서 한숨이 새어 나왔다.

둘만 남은 금강승에 십팔나한, 거기다 팔대호원에 규찰승 넷까지 없어서 개봉부 좌포청의 뇌옥에 들어가 앉았다.

실제적인 소림의 중요 전력 중 5할 이상이 지금 그곳에 있는 셈이었으니 대덕 대사의 물음이 과하다 책할 수 없었던 것이다.

"어찌… 하실 생각이십니까?"

강경 대처를 지지했던 계율원주의 물음에 당장 장경각주의 칼칼한 음성이 터져 나왔다.

"어찌긴 뭘 어째! 두 손 들고 항복해야지."

"사, 사형!"

계율원주의 당황성에도 장경각주는 씽긋도 하지 않았다. 그는 오히려 방장을 압박했다.

"또 다른 이들을 내보내 수치만 더하지 마시구려."

"하나 소림의 이름이 걸린 일입니다, 사형."

방장의 걱정에 장격각주가 고개를 저었다.

"그 이름을 지키려다 현판에 똥칠하게 생겼질 않소이까. 이쯤에서 물러서는 것이 그나마 덜 창피하지 않을까 싶소이다."

"장생전에서 묵고하지 않을 것입니다."

"하면 그곳에 계신 양반들이 나와서 해결하실 거랍니까? 소림의 경내가 침범을 당하기 전엔 장생전을 벗어날 수 없는 분들입니다. 이번 일도 그저 잔소리만 늘어놓을 뿐일 테니 그분들 말에 귀를 기울일 필요는 없지 않겠소이까?"

장경각주의 말에 여기저기에서 헛기침 소리가 들렸다.

아무리 사실일지라도 이렇게 공식적인 자리에서 장생전의 노승려들을 험담하는 것이 불편한 까닭이었다.

이러니저러니 해도 그들이 바로 자신들의 사부이고, 사숙이나 사백 같은 사문의 어른들이었기 때문이다.

역시나 방장도 장경각주에게 걱정의 말을 꺼내 놓았다.

"말씀이 너무… 혹 제자들이 들을까 무섭습니다, 사형."

"험험, 뭐, 얼마 안 있으면 나도 그곳으로 들어갈 텐데 뭔 상관이라고……."

말은 그리했어도 뒷말을 흐린 것은 스스로도 과한 표현임을 알기 때문이었다.

그런 장경각주에게서 시선을 돌린 방장이 조용히 앉아 있던 계지원주에게 물었다.

"계지원주께선 어찌 생각하시는가?"

"소승이 어찌 본사의 중대사에 이래라저래라 말을 하겠습니까? 그저 방장 사형의 결정을 따르겠습니다."

"쯔쯔, 말만 번드르르했지 이래도 좋고, 저래도 좋다는 뜻이 아닌가? 사제는 너무 흐릿해."

장경각주의 핀잔에 계지원주는 희미하게 미소만 지을 뿐이었다.

그런 계지원주에게서 시선을 거둔 방장이 이번엔 계율원주에게 물었다.

"계율원주는 어찌해야 한다고 생각하시는가?"

"그, 그야… 소림의 이름으로 놈을 단죄하는 것이 옳겠지만… 지, 지금의 상황이……."

"그래서 어쩌자고? 말을 확실히 해야 할 게 아닌가?"

또다시 얄밉게 끼어드는 장경각주를 일별한 계율원주가 고개를 숙였다.

"소승도 방장 사형의 결정에 따르겠습니다."

"저, 저……."

못마땅한 장경각주의 음성에 계율원주의 고개는 조금 더 밑으로 숙여졌다.

그런 그를 바라보며 고개를 주억거린 방장이 장경각주를 바라보며 말했다.

"달리 방법이 없다는 장경각주의 생각에 빈승도 동의합니다. 또한 달리 이견도 없는 듯하니 장경각주의 말처럼 그의 요청을 수용하도록 하겠습니다. 그 뜻을 장경각주께서 전해 주시겠습니까?"

방장의 물음에 장경각주가 떨떠름한 표정으로 고개를 끄

덕였다.

"여기 있는 이들 중에선 그나마 절간을 떠날 수 있는 중이 저뿐인 듯하니 그리하지요."

"감사합니다, 사형."

고마움을 표하는 방장에게 장경각주가 물었다.

"한데 장생전엔 누가 설명할 것이오?"

장경각주의 물음에 사람들이 일제히 방장의 시선을 피했다. 그것은 자신이 선택되기 싫다는 무언의 몸부림이었다.

그런 동문들을 바라보며 방장은 난처한 미소를 그렸다.

"빈승이 가 보아야겠지요."

마지못해 답하는 방장의 음성엔 감내해야 할 긴 시간과 사나운 독설들에 대한 걱정과 한숨이 깃들어 있었다.

❀ ❀ ❀

세영은 자신을 찾아온 소림의 노승과 마주 앉아 있었다.

"소승은 소림의 장격각을 맡고 있는 땡추올시다."

"좌포청의 포교요."

서로의 이름조차 말하지 않은 두 사람의 시선이 허공에서 부딪쳤다.

"소림의 무승 서른둘을 잡아먹었다기에 삼두육비(三頭六臂)의 괴물인지 알았더니 예상외올시다."

"변신 이전이라서… 원한다면 지금이라도 숨겨 둔 머리 두 개하고, 나머지 팔 네 개를 꺼내 보일 수도 있소만. 물론 우리 대화는 그것으로 끝장이 나겠지만 말씀이오."

한 마디도 지지 않는 상대를 바라보며 장경각주는 눈을 가늘게 떴다.

솔직히 좌포청에 도착하기 전까지만 해도 장격각주는 상대를 사방으로 강력한 기세를 뿌려 대는 관부의 숨겨진 고수쯤으로 짐작했었다.

하지만 정작 좌포청에서 마주한 이는 아직 젖비린내도 가시지 않은 약관의 청년이었던 것이다.

거기다 어디에서도 고수의 냄새는 풍기지 않았다.

'기세가 드러나지 않으니… 반박귀진(反樸歸眞)?'

자신이 생각하고서도 코웃음부터 새어 나왔다.

그만한 인사가 관부에서 포교질이나 하고 있진 않을 테니까. 그렇다면 도대체 어떻게 저런 이에게 그 많은 소림의 무승이 당한 것인지 좀처럼 짐작조차 가지 않았다.

"우선 소림의 승려들을 확인하였으면 하오이다."

"소림의 승려는 아니고, 민머리의 죄인들 몇이 있긴 하오만."

절대로 소림사의 승려로 인정하지 않겠다는 뜻이다.

하긴 그것이 소림으로서도 나쁜 것만은 아니다. 적어도 개봉부의 좌포청에 소림사의 승려들이 무더기로 잡혀 들

협상을 하다 • 85

어왔었다는 소문은 막을 수 있을 테니까.

"험험, 조, 좋소. 그 죄인들을 좀 봅시다."

자신의 말뜻을 얼른 알아듣는 장경각주를 세영은 곧바로 뇌옥으로 이끌었다.

"대덕!"

장경각주의 부름에 한창 식사 중이던 대덕 대사가 고개를 돌렸다.

"사, 사형!"

놀람과 반가움이 적당히 버무려진 표정의 대덕 대사가 일어서자 함께 식사하던 다른 승려들도 주섬주섬 일어섰다.

"빈승들이 장경각주를 뵈옵니다."

호원주를 비롯한 팔대호원과 규찰승, 그리고 금강승의 인사에 장경각주가 반장을 취했다.

"노고들이 크시……."

위로의 말을 전하던 장경각주의 음성이 끊어졌다. 방금 전까지 승려들이 먹던 음식이 그의 눈에 뜨인 까닭이다.

그 시선을 알아차리고 당황하는 뇌옥 안의 승려들에게 장경각주가 칼칼한 음성으로 말했다.

"거, 음식만으로는 예가 본산보다 나아 보입니다그려."

장경각주의 날 선 음성에 대덕 대사의 얼굴이 붉어졌다.

자신이 생각하기에도 그간 자신들이 얻어먹은 음식은 굉장히 정갈하고 고가의 음식이었던 것이다.

"흠흠, 그, 그것이……."

"좋은 밥 줘도 뭐라 하긴. 당신, 이자들 보호자 맞긴 하쇼?"

세영의 핀잔에 장경각주가 낮은 헛기침을 했다.

"험험, 뭐, 누가 뭐라 했소이까? 그나저나 다른 이들은 왜 보이지 않는 게요?"

"다른 이들? 아! 나한이파!"

"나한이파?"

의아해하는 장경각주에게 세영이 답했다.

"조폭은 별도 구금이라서. 그들을 보려면 따라오쇼."

세영의 말에 잠시 다녀오겠다는 말을 남긴 장경각주가 뇌옥의 지하로 내려갔다.

"흠……."

우선 냄새부터 좋지 않았다. 짙게 어린 사기(邪氣)엔 혈향까지 어려 있었다. 거기다 지하가 갖는 고유의 퀴퀴함까지.

눈가를 찌푸린 장경각주는 문을 여는 세영과 함께 취조실로 들어섰다.

"버텨! 조금만 더 버티면 돼!"

"힘내!"

"별거 아니야!"

취조실로 들어서자마자 쏟아지는 고함이 장경각주의 귓

가를 때렸다.

 놀란 시선으로 장경각주가 바라보는 곳엔 허공에 매달린 나한승들이 취조실 구석을 바라보며 각자 고함을 지르고 있었다.

 특히 중앙에 매달린 수좌승의 고성은 취조실을 쩌렁쩌렁 울릴 정도로 커다랬다.

 "도대체 무슨 일이기에……."

 당황스러운 상황에 나한들의 시선을 따라 고개를 돌리던 장경각주의 눈이 크게 뜨였다.

 "무, 무슨……!"

 가느다란 나무로 만들어진 우리, 그 안에 든 흉포한 늑대, 그리고 그 우리 위에 놓인 밥그릇.

 우리 앞에 매달린 나한 하나가 발로 그 밥그릇을 채 오기 위해 무진 애를 쓰고 있었다.

 흉포한 늑대는 날카로운 이빨이 드러난 입을 우리 위쪽으로 향한 채 나한의 발이 올 때마다 위협했고, 나한은 그 이빨을 피해 밥그릇을 가져가기 위해 발버둥치고 있었다.

 묘한 것은 우리 안의 늑대도, 우리 밖의 나한도 밥그릇을 우리에서 떨어트리지 않기 위해 애를 쓴다는 점이었다.

 함께 그 장면을 보고 있던 세영이 그들이 들어온 것도 모르고 한창 상황에 열중해 있던 이축에게 말을 걸었다.

 "복술이가 꽤 늘었네?"

"어! 오셨습니까?"

"그래. 그나저나 복술이 저놈, 잘하는데?"

"벌써 이십여 일쨉니다. 놈도 이제 어찌하면 굶지 않을 수 있는지 아는 것입죠."

"그러게, 생각보다 영리하네. 그나저나 나한이파는 몇 그릇이나 가져갔어?"

"열두 명이 도전해서 다섯 그릇입니다."

"오~ 제법 성적이 좋은데. 하면 저놈이 열세 번째?"

"예, 잘하면 여섯 그릇이 될 것 같은데요."

"하긴 복술이가 늘었는데 나한이들이 못하면 말이 안 되지."

"그렇긴 합죠."

이축의 수긍에 뒤에서 복잡한 심정이 담긴 음성이 흘러나왔다.

"저, 저게 지금 뭘 하는 게요?"

장경각주의 물음에 이축은 누구냐는 듯이 세영을 바라보았다. 그에 세영이 답했다.

"아! 나한이들 보호자."

"보호자? 아! 그럼 저분들, 나가시는 겁니까?"

"잘 마무리되면."

자신의 물음엔 아랑곳 않고 자신들끼리 떠드는 세영과 이축의 사이로 장경각주가 끼어들었다.

"도대체 저게 뭐하는 것이냐고 물었소만!"

 장경각주의 음성이 상당히 컸기에 이번엔 세영과 이축만이 아니라 천장에 매달려 있던 나한들의 시선도 모두 장경각주에게 향했다.

 때마침 우리 위에 놓여 있던 밥그릇을 낚아채는 데 성공한 나한의 음성이 갑자기 조용해진 취조실을 울렸다.

 "야호! 잡았어요. 내가 발가락으로 이렇게 잡았……."

 말을 하다 말고 다른 나한들이 바라보는 방향으로 고개를 돌린 나한의 발가락이 힘없이 풀렸다.

제31장
좌포청의 신임 포쾌

땡그랑.

나한이 떨어트린 밥그릇에서 튀어나온 만두 2개가 애처롭게 취조실 바닥을 굴렀다.

그걸 본 늑대가 무섭게 짖었다.

컹컹컹컹컹-

시끄러웠던지 세영이 우리를 냅다 걷어찼다.

쾅-

깨갱깽깽깽-

늑대가 강아지 울음소릴 내며 움츠러들었다.

수틀리면 자신을 정말로 개처럼 두들겨 패는 인사가 들어선 것을 확인한 까닭이다.

그것이 신호가 되었는지 어색한 표정의 수좌승이 장경각주에게 인사를 건넸다.

"아…하하하, 사, 사형, 오셨습니까?"

"장경각주를 뵈옵니다."

다른 나한들도 서둘러 인사를 건넸다.

천장에 대롱대롱 매달린 채, 혹자는 발로 밥그릇을 껴안은 채 인사를 건네는 모습은 결코 자랑스럽지 못했다.

역시나 그것이 못마땅했던지 장경각주는 혀부터 찼다.

"쯧, 소림의 승려라는 사람들이 무얼 하는 겐지."

장경각주의 핀잔을 세영이 받아쳤다.

"뭐하긴, 먹고살려고 애쓰는 거 아뇨."

"그게 무슨……?"

"조폭은 그냥 밥 안 준다오. 노력으로 얻어야지."

"아니, 왜……?"

"자력갱생(自力更生). 우리 좌포청 책임자인 포령의 방침이라서 말이우."

"그럼 우리 위의 밥그릇이……."

"나한이들 오늘 하루 식사라오. 어때, 좀 빠진 것들 같지 않수?"

그러고 보니 매달려 있는 나한들의 볼살이 쏙 들어갔다.

"어찌 사람에게 이런 모진 짓을!"

"모지긴 무슨… 패거리를 지어 사람들 괴롭히는 이들은

이것도 호사인 게요. 뭘 알아야지."

"도대체 그게 무슨 소리요?"

"두말하면 입 아프니 나중에 직접 듣고. 대화는 어떻게… 진행하겠소, 아니면 확인만 하고 돌아가겠소?"

세영의 물음에 나한들의 시선이 장경각주에게 몰렸다. 무슨 대화인지 모르겠지만 제발 자신들 좀 빼내 달라는 열망이 담긴 시선들이었다.

"후~ 대화를 해 봅시다."

장경각주의 음성에 나한들의 얼굴이 살아나고 있었다.

❈   ❈   ❈

꽹마는 좌포청에 머물고 있었다.

피해자에다 신변의 위험을 이유로 들어 세영이 좌포청의 수장인 수부타이에게 허락을 얻은 덕이었다.

그러다 보니 자연스럽게 초련도 함께 좌포청에 머물게 되었다. 함께 공격당한 피해자란 이유 때문이었다.

"그렇게 움직이셔도 돼요?"

초련의 걱정에 꽹마가 미소를 지었다.

"많이 좋아졌소. 굳어진 다리도 잘 움직이고."

말은 그랬지만 아직도 마비가 왔던 오른쪽은 잘 움직여지지 않았다. 억지로 힘겹게 비척대는 정도…….

그래도 괭마는 끈질기게 움직였다. 자신이 주저앉으면 자신만이 아니라 초련도 무사할 수 없음을 알게 되었기 때문이다.
 그렇게 열심히 운동하던 괭마에게 포쾌 한 명이 다가섰다.
 "대협, 포교님께서 찾으십니다."
 "그가 왜?"
 "그것까진 알지 못합니다."
 소식을 가져온 포쾌는 꽤나 두려운 표정이었다.
 지금은 반신불수가 되었다지만 지난날 그가 보여 준 신위와 이름이 그 공포의 원인이었다.
 "알았다."
 답을 한 괭마에게 초련이 바퀴의자를 대령했다. 하지만 괭마는 어색한 미소로 고개를 저었다.
 "괜찮소. 혼자 힘으로 가 볼 생각이오."
 "하지만……."
 "정말 괜찮으니 걱정 마시오."
 고집이라기보단 의지였다. 그것을 알기에 초련은 잠시 머뭇거리다 물러섰다. 그녀가 비켜난 길을 따라 괭마가 비척거리며 걸었다.

 드르륵.

문이 열리며 들어선 이를 본 장경각주가 벌떡 일어섰다. 들어서던 굉마도 그 자리에 멈춰선 것은 당연했다.

그런 두 사람의 대치를 바라보던 세영이 핀잔을 쏟아 냈다.

"뻘짓 그만하고 앉으쇼. 너도 앉고."

세영의 통명에 잔뜩 굳은 표정의 장경각주가 앉고, 경계의 빛을 띤 굉마도 힘겹게 다가와 남은 의자에 앉았다.

그런 두 사람을 바라보며 세영이 말을 이었다.

"자- 당사자들이 다 모였으니 이야기를 시작해 봅시다."

세영의 말에 장경각주가 잔뜩 찌푸린 표정으로 말문을 열었다.

"우선 그대의 요청을 소림은 수용하기로 하였소. 물론!"

"아이~ 그 노인네, 귀청 떨어지겠네. 살살 이야기해도 다 알아듣소만."

귀를 후벼 파는 세영의 핀잔에 장경각주가 음성을 낮췄다.

"험험, 물론, 좌포청에 있는 모든 승려들의 무죄방면이 조건이오."

"뭐, 그야 내 요구가 받아들여지기만 한다면야……. 나중에 딴소리하기 없기요?"

"소림은 그리 가벼운 곳이 아니외다."

"그러리라 믿겠소. 자- 이젠 네가 결정할 차례다."

세영의 시선에 굉마가 물었다.
"뭘?"
"소림은 너와 관련된 은원을 모두 없던 것으로 돌리기로 했다. 하니 당연히 너도 그래야겠지. 어때, 동의하나?"
세영의 물음에 굉마는 꽤나 놀란 표정이었다.
"어, 어떻게 그게 가능했던 거지?"
세영의 지시로 포쾌와 정용들이 철저히 함구한 까닭에 몰랐던 것이다. 물론 그가 정상이었다면 있을 수 없는 일이었지만, 굉마는 지금 풍을 맞아 반신불수의 몸이었다.
당연히 제대로 내력이 돌 리도 없는 노릇, 주변의 기세 변화에 둔감할 수밖에 없었던 것이다.
놀라는 굉마에게 세영이 설명했다.
"며칠 일이 있었다. 지금은 다 원만하게 합의되었으니 걱정할 건 없고. 여하간 딴소리 그만하고 답이나 해. 동의해, 아니면 못해?"
세영의 물음에 굉마는 일말의 머뭇거림도 없이 답했다.
"동의하지. 그걸 왜 동의하지 않겠어."
"좋아. 자― 이쪽도 동의했으니 된 겁니다?"
"흠흠, 알겠소."
마지못해 답하는 장경각주에게 세영이 말했다.
"그 소림이라는 이름을 믿고 글로 남기지 않는 것이니 나중에 딴소리는 맙시다."

"그런 말을 입에 담는 것조차 소림을 업신여기는 일이외다."
"아아, 뭐, 그렇다니 믿으리다. 하면 지금 데려가겠소?"
세영의 물음에 장경각주가 자리에서 일어섰다.
"머뭇거릴 이유가 없으니 그리하리다."
그렇게 소림의 승려들이 좌포청을 나섰다.

멀어져 가는 소림의 승려들을 바라보던 꿩마가 세영에게 물었다.
"무슨 이유냐?"
"뭐가?"
"날 도운 이유 말이다."
"도운 적 없다."
고개를 젓는 세영을 흘긋 바라본 꿩마가 말했다.
"이런 모양새가 되었다고 머리까지 멍청해지진 않았다."
"너 멍청하다고 말한 적은 없다. 뭐, 생각은 그렇게 하고 있지만······."
세영의 말에 꿩마가 그를 흘겨보았다.
"당최 정이 안 가는 새끼."
"원래 정 안 가는 새끼가 할 말은 아니지 않나?"
세영의 반문에 꿩마는 고마웠던 마음이 힘없이 주저앉는 걸 느꼈다.

"에이!"

성질을 부리며 돌아서는 꿩마를 세영이 바라보았다.

비척, 비척.

잘 움직여지지도 않는 오른발을 왼팔로 잡아끌듯이 걸어가는 꿩마를 세영이 깊은 눈으로 바라보았다.

❈　　❈　　❈

소림의 일이 정리된 좌포청은 조용했다. 문제는 우포청마저 조용해졌다는 것이다.

"이 빌어먹을 자식 때문에 아주 죽겠습니다."

유 포교의 투덜거림에 나 포두가 고개를 끄덕였다.

"나도 죽겠네. 어째 그런 놈을 그냥 두고 왔냐고 어찌나 눈치들을 주는지, 포두 회의에 참석하기가 두려울 지경일세."

"저도 마찬가집니다. 아니, 좌포청에서 건너온 포교들 모두가 같은 입장입죠. 눈치가 보여서 다들 며칠째 포교 회의에도 참석지 않고 있습니다."

"도대체 이 일을 어찌하지?"

"흑도들을 좀 만나 볼까요?"

유 포교의 말에 나 포두가 물었다.

"만나서?"

"더 이상 토벌은 없을 것이니 예전처럼 움직이라고 말하면……?"

"그런다고 겁을 먹은 놈들이 움직이겠나? 그리고 만에 하나 그게 소문이라도 나면 어쩌려고?"

나 포두의 걱정에 유 포교가 울상을 지었다.

"그럼 어찌합니까? 흑도 놈들이 움츠러들면서 상납금이 절반이나 줄었다는데……."

나 포두와 유 포교, 나아가 우포청에 딸린 관원들이 곤란하게 생각하는 것이 바로 그것이었다.

우포청에서 받는 상납금의 절반가량을 담당하는 것이 바로 뒷골목 흑도들이었다.

문제는 굉마 사건 이후 흑도들이 잔뜩 움츠러들면서 각종 사업이 축소되고, 당연히 상납금이 절반 이상 깎여 나간 것이다.

그 탓에 요사이 우포청 내부에선 괜히 흑도 토벌을 벌였다는 원망마저 간간이 튀어나오는 실정이었다.

그런저런 원망이 모조리 좌포청에 실리면서 우포청으로 자리를 옮긴 좌포청 출신 관원들에게 불똥이 튀고 있었던 것이다.

"이거 참… 좌포청을 떠났음에도 놈 때문에 피해를 보다니, 기가 막힐 노릇이구먼."

나 포두의 탄식이 깊었다.

우포청 관인들의 시름과 달리 개봉부 포청을 감독하는 포장, 구부르타는 상당히 고무되어 있었다. 개봉부 백성들의 고혈을 빨아먹던 흑도들이 잠잠해졌기 때문이었다.

"이것이 다 포장의 공인 듯싶구려."

개봉부윤의 치사에 구부르타가 미소를 그렸다.

"일선에서 고생한 관인들의 노고 덕입지요."

"하하하, 겸손이라… 그것도 좋지요. 그나저나 좌포청에 걸물이 들어왔다면서요?"

"걸물……? 아! 고려인 포교를 말씀하시는 모양이군요."

"고려인이었소이까? 그건 몰랐구려. 한데 그가 바루에트 장군과 연이 있다는 소리를 들었소이다만."

개봉부윤의 물음에 구부르타가 고개를 끄덕였다.

"예, 바루에트 장군께서 고려에서 직접 데려온 자라 합니다."

"하면 그를 데려온 이유는 아시오?"

"그건 소관도 잘 알지 못합니다."

구부르타의 답에 개봉부윤이 고개를 끄덕였다.

"그렇구려. 여하간 이번 일은 포장의 공이 크오이다. 내 평장정사께도 그리 보고를 올리겠소이다."

개봉부윤의 말에 구부르타가 고개를 저었다.

"그에 관한 일이라면 이미 보고를 드렸습니다."

"버, 벌써 말이오?"

당황하는 개봉부윤을 바라보며 구부르타가 고개를 끄덕였다.

"예, 좌포청의 관할이 하남 전역이다 보니 그에 관한 보고는 평장정사께 직접 올리고 있습니다."

"그, 그렇구려. 내 미처 알지 못하였소이다. 하면 내 별도로 평장정사께 말씀을 드릴 필요는 없겠구려."

"그렇습니다."

"알았소. 하면 바쁠 터인데 나가 보시구려."

"예, 하오면 이만."

가볍게 고개를 숙여 보인 구부르타가 나가자 개봉부윤이 책상 위의 서류들을 쓸어 버렸다.

"이런 고얀 놈! 감히 날 모욕해! 제 놈이 몽고 놈이라 그것이렷다. 어디 두고 보자, 이놈! 내 반드시 이 모욕을 갚아 줄 터이니!"

분을 참지 못하는 개봉부윤은 몽고인들처럼 변발을 하였다고는 하나 사실 한족이었다.

그는 남송의 변방 도시를 지키던 장수 출신으로, 기울어 가는 남송을 배신하고 자신이 지키던 도시를 몽고에 헌납하여 몽고의 벼슬을 얻어 낸, 남송의 입장에선 찢어 죽여도 시원치 않은 배신자였다.

그렇게 도시 하나를 통째로 들어 바친 덕에 개봉부윤이라는 제법 높은 벼슬을 얻어 냈다지만, 그의 배신에 분노한 이들이 보낸 자객들이 아직도 끊이지 않고 있었다.

 부윤의 집무실을 나서던 구부르타는 안에서 무언가가 부서지는 소리에 피식 웃었다.
 나라를 배신하고 몽고에 붙어사는 주제에 성깔까지 남아있는 걸 보면 무언가 믿는 뒷배가 있는 모양이지만, 그런 것까지 일일이 신경 써 가며 상대하고 싶진 않았다.
 그렇게 개봉부 관청을 나선 구부르타는 기왕 말이 나온 김에 좌포청으로 향했다.

 아무런 기별도 없이 방문한 포장을 좌포청은 무방비로 맞았다.
 "추, 충!"
 놀란 정용의 군례를 받으며 들어선 구부르타는 묘한 광경에 고개를 모로 기울였다.
 웬 젊은 남녀 한 쌍이 다정하게 좌포청의 마당을 산책하고 있었기 때문이다. 물론 사내는 어딘가 불편해 보이긴 했지만, 중요한 건 그게 아니었다.
 그 한 쌍의 남녀가 향한 곳이 사건을 해결하는 관아 쪽이 아니라 좌포청의 관인들이 쉴 수 있는 숙소 쪽이었기 때문이다.
 "설마……!"

잔뜩 표정을 굳힌 구부르타가 관아로 움직였다.

좌포청의 책임자인 포령, 수부타이는 난데없이 들이닥친 포장을 정중하게 맞았다.

"어서 오십시오, 포장. 이곳으로 앉으십시오."

상석을 양보하는 수부타이의 권유에 구부르타가 자리에 앉았다.

"그래, 수고가 많구려."

"아닙니다. 요사이는 조용해서 별로 수고랄 것도 없습니다."

"그간 좌포청이 노력한 결과겠지."

"아닙니다, 포장."

겸양을 떠는 수부타이를 바라보며 구부르타가 물었다.

"한데, 포령."

"예, 포장."

"내 좌포청으로 들어서다 묘한 광경을 보았소만."

"묘한 광경이요?"

"웬 젊은 남녀 한 쌍이 좌포청 관인들의 숙소로 들어갑디다만."

순간적으로 떠오른 이들은 꿩마란 무림인과 초련이란 기생이었다.

문제는 그들이 좌포청에 머물 근거가 없다는 것이다.

이전이라면 소림승들과의 충돌 때문에 안전을 위협받고

있어 부득이 머물게 하였다는 핑계라도 댈 터인데, 지금은 그것도 아니다.

그러고 보니 왜 자신은 그들을 지금까지 그냥 두었는지 스스로가 놀랄 지경이었다.

"답은 않고 뭘 그리 생각하는 겐가?"

포장의 음성이 높아졌다. 거기다 밑바닥엔 분노가 깔렸다.

다급해진 수부타이가 서둘러 답을 해야 한다고 생각해 입을 열었지만, 이게 또 막상 입을 열고 보니 답할 말이 마땅치 않았다.

"그, 그것이……"

"포령은 지금 본관과 장난을 하자는 겐가!"

이번 음성엔 분노가 확연히 드러났다. 그렇다고 없던 답변이 하늘에서 뚝 떨어질 리도 만무했다.

전전긍긍하는 수부타이를 바라보던 구부르타의 차가운 음성이 이어졌다.

"관청에 양민을 머무르게 할 수 없다는 것은 포령도 알 터!"

"그, 그야……"

"거기다 사내의 덩치가 산 만한 것이 일반인 같진 않아 보이던데… 설마 무림인은 아닐 것이라 믿소만."

포장의 말에 수부타이의 얼굴이 새카맣게 죽었다.

굉마는 포장의 말처럼 좌포청이 단속해야 할 무림인이었다. 단속 관청에 단속을 받아야 할 위치의 사람이 머문다는 것은 오해의 소지가 너무 높았다. 거기다 포장은 한 발 더 나아갔다.

"또한 여인의 미색이 여상치 않던데… 설마 기녀는 아니겠지?"

관청에 기녀를 들인다? 몽고 수뇌부의 정책상 있을 수 없는 일이다.

사방이 적으로 둘러싸인 중원에서, 그것도 아직 점령지의 한족들을 제대로 다스리지도 못하는 상황에서 관인이 기녀를 관청에 들인다는 것은 결코 용납될 수 없는 일이었다.

실제로 모처에서 한족 출신 관리가 송나라의 관례대로 기녀를 관청에 들였다가 목이 날아간 적도 있었다. 그것을 떠올린 수부타이의 얼굴빛은 이제 하얗게 변하고 있었다.

"그, 그게……."

"어째 답을 제대로 못하는가? 설마… 내 예상대로 기녀를 들인 겐가!"

추궁하는 포장의 음성은 차갑고 날카로웠다.

그러고 보니 생각이 났다. 포장인 구부르타는 자신의 부장들이 진중에서 기녀를 끼고 술을 먹는 걸 방치했다가 남송군의 기습을 허용한 경험이 있었다. 그 일로 그의 만인대는 수천 명의 희생자를 내고 패주했다.

그 패전의 책임을 물어 만인장의 지위를 박탈당하고, 일개 부의 포장으로 발령을 받아 개봉부로 부임했던 것이다.

당연히 그와 유사한 일엔 민감할 수밖에 없었다.

아! 그걸 떠올리자 함께 따라 나온 기억이 하나 더 있었다. 그때 진중에서 기녀를 끼고 술을 마셨던 부장들은 구부르타가 직접 목을 베어 버렸다.

12명 전원을… 모조리!

그것을 기억해 낸 수부타이는 뒷목이 싸늘해지는 걸 느꼈다.

"아, 아닙니다, 포장."

"한데 왜 답을 못하냔 말이야! 설마 그들이 관인과 그 가족이라 우기기라도 할 텐가?"

구부르타의 호통에 수부타이의 눈빛이 반짝였다.

"마, 맞습니다."

"뭐?"

"마, 맞습니다. 그들은 시, 신임 포쾌와 그 아내입니다."

"뭐라? 신임 포쾌와 그 아내라?"

"예, 예! 포장."

수부타이의 답에 구부르타가 어이없이 웃었다.

"포령."

"예, 포장."

"내가 그 말을 믿을 것이라 생각하나?"

"미, 믿어 주십시오."

답하는 수부타이의 눈빛은 간절했다. 마치 자신이 목을 베어 버렸던 과거의 부장들처럼.

하긴 그 일이 어찌 그들만의 책임이었을까. 결국 부장들이 기녀를 끼고 술을 먹도록 방치한 것은 자신인 것을…….

그렇다고 이번 일을 그냥 묵과할 생각도 없다. 실수는 한 번으로 족하니까.

"후~ 좋아, 믿어 보지. 대신, 내일까지 신임 포쾌의 신고식을 정식으로 받지. 내 집무실에서, 내가 직접 말이야."

"지, 직접 말씀이십니까?"

"그래. 그리고 알겠지만 포쾌에 임명된 자의 의무 복무 기간은 십 년일세."

"시, 십 년… 아, 압니다."

"좋아. 그럼 내일을 기다리지."

그 말과 함께 자리에서 일어서 나가던 구부르타가 갑자기 신형을 돌렸다.

"아! 그리고 그 아내란 여인도 함께 보았으면 하네만."

"아, 아내까지 말씀이십니까?"

"신임 포쾌의 아내에게 내 당부해 둘 말이 있어서 말이야. 꼭, 반드시 함께 데려오게. 알았는가?"

"예, 예, 포장."

수부타이의 답에 피식 웃어 보인 구부르타는 그렇게 좌

포청을 떠나갔다.

  포장이 나간 자신의 집무실에서 잠시 멍하니 서 있던 수부타이가 고함을 질렀다.

"여봐라!"

수부타이의 고함에 정용 하나가 달려 들어왔다.

"예, 포령."

"너는 즉시 박 포교를 들라 이르라!"

"예, 포령!"

  명을 받은 정용이 달려 나가는 걸 바라보는 수부타이의 얼굴엔 다급함이 가득했다.

제32장
평생을 말하다

 포령의 집무실로 불려 온 세영은 말도 안 된다는 표정으로 고개를 저었다.
 "그게 말이 된다고 생각하십니까?"
 "될 수도 있지 않을까? 아니, 돼야 하네. 아니, 아니, 돼! 반드시, 꼭, 필히! 돼야 한다고!"
 "도대체 그래야 하는 이유가 뭡니까?"
 "난 목 잘리기 싫네!"
 뜬금없는 말에 세영이 어이없는 표정으로 물었다.
 "예?"
 "이번 일을 성사시키지 못하면 내 목이 잘려 나갈 거란 말일세. 내가 그리되면 자네라고 무사할 줄 아는가? 내 기필

코 자넬 가만두지 않을 것이야!"

원망과 분노가 마구 뒤섞인 포령의 눈을 바라보며 세영이 뺨을 긁적였다.

"도대체 왜 목이 잘려 나간다는 건데요?"

세영의 물음에 수부타이는 포장과 있었던 일과, 그가 그리 나오는 배경에 대해 모조리 설명해 주었다.

그걸 모두 들은 세영의 표정도 어두워졌다.

"그러니까 법 자체가 금하는 일이었군요?"

"그렇다니까. 내가 처음에 반대했을 때도 분명히 말했었지 않나."

"그랬었습니까?"

세영의 반문에 수부타이의 얼굴이 뻘겋게 달아올랐다. 그것이 순수한 분노 때문이라는 걸 알아차린 세영이 황급히 말을 이었다.

"아! 기, 기억이 나는 듯도 합니다."

솔직히 기억에 없다. 포령의 반대를 그땐 제대로 듣지도 않았었으니까.

"이익! 하여간. 이번 일은 반드시 성사되어야 하네. 나와 자. 네. 의 목. 이. 걸린 일이니까 말이야!"

'자네'와 '목'에 유달리 힘을 주는 포령의 말에 세영은 고개를 끄덕일 수밖에 없었다.

자신도 이역만리 타국에 와서 목이 잘려 나가고 싶은 생각은 추호도 없었으니까.

 포령의 집무실에서 나선 세영은 그길로 꿩마를 찾았다.
"무슨 헛소리야!"
 꿩마의 반응은 세영의 예상을 한 치도 벗어나지 않았다.
"알아, 헛소리라는 거."
"안다면서 그런 말을 왜 해? 설마, 날 구해 줬으니 생명의 빚을 갚아라. 뭐, 그런 뜻인가?"
"생명의 빚은 개뿔. 원래 포청의 관인은 피해자를 구제하도록 되어 있는 거야."
"한데 왜 그런 말도 안 되는 이야길 하는 건데?"
"네가 나 좀 구해 달라는 이야기지."
 세영의 말에 꿩마가 고개를 갸웃거렸다.
"널 구해 줘? 내가 포쾌가 되는 일이 널 구해 주는 일이다?"
"그래, 더불어 우리 포령도 함께 구해 주는 셈이고. 아마 그걸로 꽤나 많은 걸 알겨먹을 수 있을걸?"
"도대체 무슨 소리야? 내가 알아듣게 자세히 말해 봐."
 꿩마의 말에 세영은 수부타이에게서 들었던 말을 고스란히 전했다. 그 말을 들은 꿩마는 곤혹스러운 표정이 되었다.
"결국 날 도와줬다가 잘못되었다는 소리로군."
"뭐, 그랬다기보다는 내가 조심하지 않아서 걸렸다는 것이 더 정확하겠지."

 일이 틀어진 책임을 상대가 아니라 자신에게 지운다. 쉬워 보이지만 결코 쉽지 않은 일을 아무렇지도 않게 벌이는 세영을 바라보며 꽹마가 피식 웃었다.

"할 말이 없게 만드는군."
"왜, 정말 싫어?"
"싫다면 죽게?"
"미쳤어? 토껴야지."
"토껴? 도망간단 말이야?"
"그럼 가만히 앉아서 목 잘리라고? 그건 싫어."
"넌 그렇게 도망가면 된다지만 그럼 포령은?"
"데리고 토껴야지. 그래도 한솥밥 먹은 게 벌써 몇 달인데."

 세영의 답에 꽹마가 갑자기 크게 웃었다.

"푸하하하!"

 물론 그 모습에 대한 세영의 반응은 그리 좋은 것은 아니었다.

"미친놈. 날아가는 새 거시기라도 봤나. 갑자기 왜 웃고 지랄이야."
"날아가는 새의 거시기는 아니지만, 그래도 제대로 된 사내자식 하나는 본 것 같다."
"무슨 뚱딴지같은 소리야?"

"아아, 그런 게 있어. 그리고 지금은 그런 게 중요한 때도 아니고."

"그야 그렇지."

고개를 끄덕이는 세영에게 굉마가 물었다.

"나 아직 회복 안 됐다."

"나도 눈 있다."

피식-

작게 웃은 굉마가 물었다.

"그런데도 포쾌를 하라고?"

"점점 나아지고 있으니까. 내가 의원은 아니지만 한 보름 정도면 예전만큼은 아니어도 어지간히는 회복될걸. 아니냐?"

세영의 물음에 굉마는 아니란 말을 할 수 없었다. 자신의 느낌도 그랬으니까.

그런 변화는 모두 한결같은 모습으로 자신의 곁에 머물러 있는 초련을 보며 다시 일어서겠다고 마음먹은 덕이었다.

"대충은 비슷하지. 그래도 완전히 돌아가려면 적어도 서너 달은 더 걸릴 거다."

"엄살은… 좋아, 그때까진 내근만 시켜 주마."

하겠다고 말한 것도 아닌데 세영은 이미 그가 포쾌 자리를 승낙한 것처럼 말하고 있었다.

그걸 알면서도 굉마는 다른 소리를 하지 않았다. 마치 인

평생을 말하다 • 117

정하는 듯이.

"나 집도 없다."

"그야 나랑 같이……."

 말을 하다 말고 꾕마 옆에 서 있는 초련을 흘깃 바라본 세영이 머리를 긁적였다.

"그냥 지금 머무는 방 계속 써라. 집 없는 포쾌와 그 아내에게 포청의 방 하나 내줬다고 지랄하는 법은 없는 것 같으니까."

 세영의 말에 초련의 얼굴이 붉게 물들었다. 그런 초련을 바라보며 꾕마가 배시시 웃었다.

"그럼 고맙고."

"자식, 부끄러워하긴."

 퉁명스레 웃어 보인 세영이 초련에게 시선을 돌렸다.

"앞으로는 더 잘 지내봅시다, 제수씨."

 세영의 말에 초련은 부끄러운 듯 작게 웃으며 말없이 고개를 조아렸다.

 그런 두 사람을 바라보던 꾕마가 어이없는 표정을 지었다.

"제수씨? 내가 몇 살인데 초련이 네 제수씨야?"

"네, 네, 나이 많이 처드셔서 좋으시겠어요."

"이익!"

 발끈하는 꾕마에게 세영이 쏘아 붙였다.

"그럼 포교가 포쾌 마누라한테 형님, 그래야겠냐?"

그 말에 굉마의 입이 다물렸다.

그걸 인정하면 자신보다 나이 많은 정용들한테 자신도 숙이고 들어가야 한다는 공식이 성립하기 때문이었다.

그런 굉마를 바라보며 콧방귀를 뀌어 준 세영이 초련에게 말했다.

"기왕 살림을 차리기로 한 거, 식은 좀 올립시다."

세영의 말에 초련과 굉마의 얼굴이 동시에 발갛게 익었다. 그런 둘을 바라본 세영이 웃으며 돌아섰다.

"그럼 좋은 날짜 잡아서 내 준비해 보리다."

그렇게 휘적휘적 멀어져 가는 세영을 바라보던 초련이 굉마에게 물었다.

"정말 포쾌로 남아 있을 생각이세요?"

"그래 볼까 하오. 적어도 저 친구는 날 아무런 조건 없이 받아 준 세 번째 사람이니까."

"세 번째? 그럼 둘이나 더 있는 거네요?"

초련의 물음에 굉마가 고개를 끄덕였다.

"죽어가는 날 거둬 준 내 사부, 그리고 당신."

굉마의 말에 초련이 작게 웃으며 말했다.

"그럼 당신, 저 사람과 평생을 함께해야겠네요. 저처럼……."

그 말에 잠시 말을 잇지 못하던 굉마가 초련의 손을 잡고 고개를 끄덕였다.

"이를 뿐이오? 내 평생 결코 곁에서 떠나지 않을 것이오."

꿩마의 말에 초련은 행복한 미소를 지어 보였다.

※ ※ ※

구부르타는 자신에게 군례를 올린 상대를 바라보며 허허롭게 웃었다.

"허, 허허허, 이거 참… 그래, 이유야 어쨌건, 한 식구가 되었으니 잘 지내 봅시다."

포장이 포쾌에게 반공대를 한다. 있을 수도, 있어서도 안 되는 일이었지만 인적 사항에 적힌 이름을 보곤 감히 하대를 할 수 없었다.

"예, 잘 부탁합니다."

꿩마의 답에 구부르타가 손사래를 쳤다.

"이거, 부탁은 내가 하게 생겼구려. 여하간 잘 도와주시구려."

"예, 포장."

한때 꿩마라 불리던 마도의 고수가 그렇게 개봉부 좌포청의 포쾌로 인연을 맺고 있었나.

갑자기 소집 명령이 내려진 탓에 좌포청의 포쾌와 정용들이 모두 마당에 모여들었다.

그런 이들 앞으로 세영이 꿩마를 데리고 나섰다.

"새 식구를 소개한다. 이름은 황렬, 직책은 포쾌다. 나이는 좀 있다지만 포쾌 중엔 막내니까 잘 대해 줘라."

세영의 말에 호응하는 사람은 단 한 명도 없었다.

그들은 금방이라도 터질 듯이 부풀어 오른 포쾌의 관복을 입고 못마땅한 표정으로 서 있는 자를 잘 알고 있었기 때문이다

"뭐, 인사도 없나?"

꿩마, 아니 이젠 황 포쾌라 불리게 된 황렬의 음성에 깜짝 놀란 포쾌와 정용들이 중구난방으로 떠들어 댔다.

"화, 환영합니다, 대협!"

"아, 앞으로 잘 모시겠습니다."

"추, 충!"

별의별 반응이 다 튀어나왔다. 그만큼 주눅이 들었다는 증표이리라.

하지만 세영은 그런 포쾌와 정용들에게 별다른 말을 하지 않았다. 저들은 저들 나름의 질서가 있는 법이니까.

"참! 기름."

"예? 아! 예, 포교님."

잠시 넋을 놓고 있다 황급히 답하는 기름에게 세영이 말했다.

평생을 말하다 • 121

"이놈 장가 좀 보내자. 개봉 최고 점성가란 태 영감이 이 달 스물닷새가 좋다고 하니 그 날짜에 좀 맞춰 봐라."

"자, 장가요?"

"그래, 알잖냐."

앞뒤 설명 다 잘라먹은 말이지만 못 알아들을 기륭이 아니다. 여태 좌포청 안에서 꿩마가, 아니 황렬이 누구와 살고 있었는지 모르는 좌포청 식구는 없으니까.

"아! 알겠습니다. 최고로 멋지게 준비하겠습니다."

"그래, 포장께서도 오신다니까 제대로 차려 봐."

"예, 포교님."

기륭의 답에 기세등등하게 서 있던 황렬의 얼굴에 겸연쩍은 표정이 들어섰다.

그런 황렬을 바라보던 세영이 피식 웃었다.

❈   ❈   ❈

좌포청에 난데없이 청사초롱이 걸렸다.

전례 없는 관청에서의 혼례였지만 하객은 좌포청 앞마당이 미어터질 정도로 많았다.

우선 좌포청 식구들은 모두 참석했다. 포령 이하 전 포쾌와 정용들까지.

거기에 개봉부의 기루와 주루의 주인들도 모조리 참석했

다. 최근 그들과 좌포청 간의 관계를 생각하면 그건 나름대로 이해가 가는 일이었다.

한데, 좀처럼 이해하기 힘든 이들이 하객에 섞였다.

우선 천강문의 좌호법인 고군겸이 모습을 보였고, 봉구의 잔살문에선 잔살도마가 직접 달려왔다.

뿐인가? 산서의 패자라는 뇌령문에서 부문주인 수참이 적지 않은 선물을 들고 왔고, 개방에선 방주가 참석했다.

거기다 못마땅한 표정인 소림의 장경각주까지도 모습을 보였으니 놀라는 이들이 적지 않았다.

뭐, 백번 천번 양보해서 거기까지는 최근에 맺어진 좌포청과 그들의 관계상 참석할 수 있다고 치자. 웃긴 건 개봉부에 존재하는 흑도의 두령들이 모조리 모습을 드러냈다는 것이다.

포청 마당에 범죄 집단으로 봐도 좋을 흑도의 두령들이 죽 늘어선 모습은 어디서도 본 적이 없는 광경이었다.

"구왕파(九汪派)의 구왕입니다요."

"구왕?"

"아홉 가지 복을 가지라는 뜻으로 아버지가 지어 주신 이름입지요."

흑도의 두령답지 않게 작달막한 구왕의 설명에 세영이 고개를 끄덕였다.

"여하간 잘 왔다. 많이 먹고 가라."

"옙, 대인."

구왕이 물러가자 뒤에 서 있던 기생오라비처럼 잘생긴 사내가 넙죽 고개를 숙였다.

"옥랑파(玉郞派)의 이출입니다요, 대인."

"옥랑파면… 모란각이 구역이라는?"

"포, 포함은 되어 있습니다만… 빼, 빼라시면 지금이라도……"

"됐어. 남의 밥그릇에 수저는 안 담그는 법이다."

"가, 감사합니다요, 대인."

"너도 많이 먹고 가고."

"성은이 망극합니다요, 대인."

이출의 말에 피식 웃은 세영이 중얼거렸다.

"성은은 무슨……"

그런 세영에게 우락부락, 딱 한눈에 봐도 '나 흑도요.' 하게 생긴 사내가 허리를 접었다.

"도끼파의 구칠입니다요."

"네가 구칠이로구나?"

"소, 소인을 아십니까?"

"네놈이 도끼 하나로 녹림의 산적 다섯 놈을 때려잡았다면서?"

세영의 말에 구칠이 쑥스러운 듯 뒷머리를 긁적거렸다.

"남의 영업 구역을 침범하기에… 부끄럽습니다요, 대인"

말은 저리하지만 뒷골목 왈패에 불과한 흑도가 무림인이 분명한 녹림의 고수 다섯을 때려눕힌 것은 대단한 일이었다. 설사 그 녹림도들의 실력이 시원치 않았다 해도 말이다.

"자식, 나중에 한번 보자."

"저, 절요?"

잔뜩 겁을 먹은 구칠에게 세영이 피식 웃어 보였다.

"잡아넣자는 거 아니니까 겁먹지 말고."

"예, 예, 대인."

비로소 안도의 한숨을 내쉬며 구칠이 지나가자 또 다른 흑도의 두령들에게서 인사를 받는 세영이었다.

그런 세영을 저만치서 바라보던 포장이 수부타이에게 물었다.

"어쩨 저 친구가 나보다 더 권력이 커 보이는구려."

"소, 송구합니다."

"송구하긴… 그만큼 뛰어난 실력을 가졌다는 뜻이겠지. 그나저나 요즘 우포청의 항의가 적지 않네."

"우포청에서 왜……?"

"글쎄, 왜일까? 잘 한번 생각해 보게."

포장의 말에 수부타이의 얼굴이 어두워졌다.

그렇게 복작거린 황렬의 혼례는 주변 무림 문파와 흑도들까지 모조리 참석하는 이례 없는 광경을 연출하며 끝이 났다.

❀   ❀   ❀

 허산은 하남의 동남부에서 북부로 올라가자면 반드시 넘어야 하는 산이었다.

 산세는 험하지 않았지만 절벽이 많아서 길이라곤 우마차 2대가 간신히 지나갈 만큼 좁은 소로만 존재했다.

 그 허산에 녹림십팔채의 하나인 천중채가 들어서 있다.

 원래는 훨씬 남쪽에 위치한 천중산에 터전을 잡고 있던 산채인데, 이권을 따라 허산에 자리를 튼 지 10여 년이 넘어가고 있었다.

"이각."

"예, 채주."

"애들 출발했냐?"

"예, 반각 전에 출발했습니다."

 염소수염을 단 이각의 답에 채주, 거패가 심각한 표정으로 말했다.

"너도 알겠지만 이번에도 실패하면 앞으로 얼굴 들고 다니기 어려워진다."

"잘 알고 있습니다. 해서 고르고 고른 놈들로만 보냈으니 믿어 보십시오, 채주."

"그래, 믿어야지. 참! 가는 길에 도끼판지 뭔지 그 쌍놈의 새끼들 손 좀 봐 주라고 이야기했냐?"

"예, 놈의 모가지를 들고 오라고 일러두었습니다."
"잘했다. 어디 족보도 없는 흑도 나부랭이한테 당해서는… 녹림 회의 갔다가 아주 쪽팔려서 죽는 줄 알았다."
"절대로 이전과 같은 일은 없을 겁니다, 채주."
"암! 그래야지."
거패의 음성이 천중채를 울리고 있었다.

❈   ❈   ❈

원래 요삼의 직업은 인신매매였다.
처음엔 제법 잘나갔는데, 어쩌다 손을 댄 게 안휘에서 이름깨나 날리는 무림인의 딸인 바람에 알토란 같은 재산 다 버리고 빈 몸만 빠져나와 녹림에 투신했다.
업종이 달랐지만 살려면 그 길밖에 없었던 것이다.
물론 녹림에서의 대우가 좋은 건 아니었다. 요삼이 가지고 있는 것은 쓸 만한 은신술과 고도로 숙달된 납치 기술뿐이었으니까.
뭐, 그걸로 매복 지점을 선정하는 일을 하곤 했지만, 그 외에선 그다지 소용을 인정받지 못했다. 바로 어제까지만 해도 말이다.
"어이, 조장, 이제 어쩌면 되는 거야?"
함께 온 녹림도 중 한 명의 부름에 요삼이 히죽 웃었다.

"조장… 크크크, 그렇지 내가 조장이지."
"뭐라 중얼거리는 거야? 어찌하면 되냐니까?"
"아! 뭐, 별거 없어. 이화루 일은 내가 알아서 할 테니까. 그쪽은 도끼파 애들이나 정리하면 돼."
요삼의 답에 물었던 녹림도가 걱정 어린 표정을 지었다.
"정말 조장 혼자 되겠어?"
"기녀 하나 보쌈하는 걸 못하려고? 내 전공 분야니까 염려 붙들어 매고, 그쪽이나 잘해. 이전 애들처럼 박살 나지 말고."
"어디다 갖다 대는 거야. 그놈들하고 우리하고 같아?"
"다르다는 건 알아. 그래도 조심하란 소리야. 요새 소문을 들으니 이쪽 좌포청에 꿩마가 투신했다는 소문이 있다고."
"흰밥 먹고 설사하는 소리 하고 있네. 꿩마가 돌았어? 관복을 입게."
"그, 그래도 혹시 모르는 거잖아."
"아아, 쓸데없는 소리 할 거면 우린 움직이겠어."
녹림도의 투덜거림에 요삼이 고개를 끄덕였다.
"아, 알았어. 그럼 일 끝내고 반 시진 후에 여기서 보자고."
"알았어."
답을 한 녹림도들이 움직이자 요삼도 유흥가 쪽으로 발길을 돌렸다.

구칠은 갑작스런 손님의 방문에 잔뜩 얼어 있었다.

"너, 잘해 놓고 사는구나?"
"아, 아닙니다."
"아니긴… 여어~ 도자기도 있어? 너, 이런 것도 볼 줄 아냐?"
"그, 그냥 놓아두면 뭔가 있어 보인다고 해서……."
좌불안석인 구칠의 어깨를 세영을 따라 들어서던 황렬이 툭 쳤다.
"자식, 뭘 이렇게 쫄고 그러냐. 편하게 해, 편하게."
"아, 아닙니다. 제가 어찌 감히……."
방을 이리저리 구경하던 세영이 의자에 앉자 황렬도 빈 의자에 엉덩이를 걸쳤다.
그런 황렬에게 세영이 윽박을 질렀다.
"넌 내 뒤에 서야지!"
"왜?"
"왜는… 포쾌가 그럼 포교하고 겸상하면 되겠냐?"
"염병, 그놈의 포교는 무슨……."
말은 그렇게 하면서도 슬그머니 일어선 황렬이 세영 뒤에 가서 섰다.
그 모습에 앉지도 못한 구칠이 엉거주춤 서 있자 세영이 빈 의자를 눈짓했다.
"뭐해, 앉지 않고?"
"예?"

당황한 표정으로 슬쩍 세영의 뒤에 서 있는 황렬을 일별한 구칠이 고개를 저었다.
"아, 아닙니다. 이, 이게 편합니다."
"그래? 그럼 그러든가."
"가, 감사합니다."
"감사는 무슨······. 그나저나 내 너한테 한 가지 묻고 싶은 게 있어서 왔다."
"하, 하문하십시오, 대인."
"저번에 네가 때려잡았다던 산적 새끼들 말이다."
"예, 대인."
"이화루주 말로는 그 자식들, 자기네 가게에 볼일이 있어 보였다고 하더라만······."
"자세한 내막은 저도 잘 모릅니다. 저희 구역인 이화루에 웬 불한당 같은 놈들이 소란을 떤다는 소리에 달려갔던 것이라······."
"불한당? 녹림이 아니라?"
"나중에 대치하고 섰더니 제 놈들이 녹림도라고 해서 알았습죠."
"그래서?"
"녹림이고 지랄이고, 제 영입 구역이니 돌아가라고 했더니 칼을 휘둘러서······."
"그래서 싸웠다?"

"저도 살아야 하니깝쇼."

구칠의 답에 세영이 피식 웃었다.

"하면 왜 왔는지는 모르고?"

"뭘 가져가야 한다고 했던 것도 같습니다."

"그게 뭔데?"

"그건 저도 잘……."

세영이 별 볼 일 없는 흑도에 관심을 갖게 된 것은 녹림이 아무래도 자신의 가게를 노리는 것 같다는 이화루주의 걱정 때문이었다.

아니, 조금 더 솔직하자면 그가 가져온 열 냥의 금자 때문이지만.

"여하간 가져갈 게 있다면 또 올지도 모른다는 소리네?"

"그것도 소인은 잘……."

구칠이 고개를 젓는 순간, 밖이 소란스러워지더니 도끼파의 수하 하나가 피 칠갑을 하고 뛰어 들어왔다.

"피, 피하… 커헉!"

등판에 작은 손도끼가 틀어박힌 구칠의 수하가 쓰러졌다. 당황한 구칠이 벽면에 걸어 둔 도끼를 집어 드는 순간 덩치가 하나 방 안으로 들어섰다.

"누, 누구냐?"

구칠의 고함에 방 안으로 들어선 덩치가 답했다.

"저승사자."

제33장
산적을 잡다

쾅-

반쯤 열린 방문이 부서지고 '저승사자'가 튕겨 나왔다.

밖에서 흑도의 왈패들을 정리하던 녹림도들의 시선이 나가떨어진 녹림도와 방금까지 그가 있던 방을 번갈아 바라보았다.

"쯧, 반항이 거친가 보군. 내가 해결할 테니 네들은 여기 정리하고 있어."

한 녹림도가 동료들에게 말하며 방 쪽으로 다가섰다.

"퉤!"

침을 손바닥에 뱉고 칼을 고쳐 잡은 녹림도가 방 안으로 들어갔다.

쾅-

 그나마 남아 있던 문짝마저 뜯겨 나가며 방금 들어갔던 녹림도가 도로 튕겨 나왔다.

"뭐, 뭐야!"

 술렁이는 녹림도들의 눈으로 도끼를 들고 방에서 나서는 구칠의 모습이 보였다.

"저 새끼가!"

 분노가 치솟은 녹림도 몇이 구칠을 향해 달려들었다.

 도저히 산적이라고 볼 수 없는 빠른 발, 거기다 전광석화를 방불케 하는 칼질. 녹림도 셋이 쳐 낸 칼이 상중하로 나뉘어서 구칠을 쓸어 왔다.

 까가강-

 세 번의 쇳소리, 그리고…

 퍼버벅-

 세 번의 격타음.

 저만치 나가떨어지는 3명의 동료를 바라보는 녹림도들의 표정에 의아함이 들어섰다.

 그런 녹림도들의 의아함을 받으며 어느새 구칠의 앞으로 나선 황렬이 천천히 마당으로 내려섰다.

 우드득, 우드득.

 목을 좌우로 꺾을 때마다 소리가 났다. 그런 그를 바라보던 한 녹림도가 어이없는 음성을 흘렸다.

"포, 포쾌?"

씨익-

"맞아, 포쾌."

비틀린 미소를 그리는 황렬을 멍하니 바라보던 녹림도들의 눈에 사나움이 담겼다.

"쳐라!"

한 녹림도의 고함에 여기저기 나뉘어 있던 녹림도 여섯이 일제히 날아올랐다.

쾅-

하나의 소리가 울렸다.

그리고 여섯 녹림도가 형편없는 모습으로 땅바닥에 처박혔다.

어떻게 단 한 번의 주먹질로 6명이 나가떨어졌는지 계속 지켜보았으면서도 구칠은 알지 못했다.

그렇게 나가떨어진 녹림도들 사이를 언제 나왔는지 세영이 가로질렀다.

"어디 가?"

"녹림이 노리는 게 원래 이화루에 있다면 그곳도 무사하지 못할 거다."

"같이 갈까?"

황렬의 물음에 세영이 퉁명스레 답했다.

"왜? 네가 안 가면 내가 어찌 될까 봐?"

"그건 아니다만……."
"그럼 저놈들이나 좌포청으로 옮겨 놔."
그 말의 끝을 강력한 바람이 채웠다.
팡-
세찬 바람과 함께 세영의 신형이 사라지자 놀란 구칠이 당황한 음성을 토했다.
"어, 어디로 가신 겁니까?"
"이화루에 간다잖냐."
"그, 그럼 저도 이화루로……."
도끼를 들고 뛰어가려는 구칠을 황렬이 잡았다.
"쓸데없이 끼어들지 말고, 넌 이것들이나 좌포청으로 옮겨 놔."
"제, 제가요?"
"그럼 내가 하리?"
황렬의 물음에 구칠은 아무 말도 할 수 없었다.

관화는 이상한 기척에 살며시 눈을 떴다. 흑영이 슬며시 창문을 통해 들어서는 것이 보였다.
'도둑?'
처음 든 생각이다. 하지만 들어선 흑영은 물건엔 관심을 보이지 않고 곧바로 관화에게 다가섰다.
'뭐, 뭐야!'

놀란 관화가 일어나려는 찰나 달짝지근한 냄새가 코로 스며들었다.

'헉-'

일어나려던 다리에서 힘이 풀려 나가고, 가늘게 떴던 시야가 곧바로 검게 변했다.

지독한 미혼향인 촌음몽(寸陰夢)에 중독되어 축 늘어진 관화에게 흑영이 포대기를 덮어씌웠다.

"웬만하면 그냥 두지."

갑작스런 음성에 기겁한 흑영의 고개가 창문을 향했다. 그곳엔 세영이 심드렁한 표정으로 걸터앉아 있었다.

"누, 누구냐?"

"이 복장을 보고도 그런 질문이 나오나?"

세영의 말에 잠시 그를 살피던 흑영의 입에서 실소가 흘러나왔다.

"포교?"

"잘 아네."

순간적으로 드는 위기감… 무공으로 단련된 동료들만큼은 아니더라도 포교에게 겁을 먹을 정도로 허약하진 않았다. 한데도 대뜸 위기감이라니……. 당황한 가운데 요삼은 동료들이 무시한 소문을 떠올렸다.

"괴, 괴마?"

"내가 그렇게 못생겼냐?"

못마땅해하는 포교의 음성에 절로 안도의 한숨이 내쉬어졌다. 좌포청에 투신했다는 꽹마만 아니라면 겁먹을 것이 없다.

"네놈의 복이 예까지로구나. 날 원망 마라!"

쉐엑-

언제 던져 냈는지 날카로운 비도가 허공을 갈랐다. 세영의 손이 날아오는 비도를 향해 내밀어지고.

번쩍-

"커헉!"

뭐가 어떻게 된 건지 모르겠지만 날아가던 비도가 방향을 바꿔 자신의 어깨에 틀어박혔다.

고통에 주저앉는 요삼의 뒤통수로 언제 내려섰는지 세영의 발이 내리꽂혔다.

쾅-

눈앞에서 별이 튀고, 곧바로 어둠이 내려앉았다.

관화는 누군가가 자길 건드린다는 것을 느끼자마자 튕겨 일어났다.

퍽-

"아코!"

너무 급작스럽게 상대가 일어서는 바람에 피할 겨를도 없이 코를 부딪쳤다.

그런 그를 향해 관화의 공격이 들이닥쳤다.

턱-

비녀를 쥔 손이 잡혔다. 놀라는 관화를 바라보며 코를 부여잡은 세영이 투덜거렸다.

"고맙다는 말을 뭐 이런 식으로 하냐?"

"에? 고마워?"

잠시 어이없는 표정을 짓던 관화의 눈이 점차 당황으로 물들어 갔다.

비로소 상대가 누구인지 알아차린 것이다.

"바, 박 포교님?"

"그래, 나다."

관화와는 일면식이 있다. 이화루주의 청으로 몇 번 놀러 왔다 이야기를 나눈 적이 있었기 때문이다.

"하, 한데 박 포교님이 왜……?"

"다른 곳도 좀 봐 주지 않을래?"

세영의 말에 방 안을 둘러보던 관화는 야행복을 입은 사내가 널브러져 있는 것을 발견할 수 있었다.

"누, 누구예요?"

"네가 이걸로 찌르려던 놈이겠지."

그제야 비녀를 쥔 자신의 손이 아직도 세영에게 잡혀 있다는 것을 알아차린 관화가 황급히 손을 걷었다.

"죄, 죄송해요."

"죄송은 해야 할 거다."
"어, 어떡해요?"
"코가 무너진 것 같진 않으니 괜찮아지겠지."
아직도 얼얼한 코를 만지는 세영을 바라보며 관화는 어쩔 줄 몰라 했다.

❈ ❈ ❈

산적을 잡아들였다.
개봉에 들어온 이유가 무엇이었든 감히 산적이 도시까지 침범한 것이다.
아마 포령이나 포장이 이 보고를 듣는다면 곧바로 토벌령이 떨어질 것이었다.
그걸 위해서 곧바로 취조를 시작해야 할 터다. 적어도 위치와 취약점은 알아야 토벌이 쉬워질 테니까.
문제는 그걸 알고 있다고 해도 좌포청만으로는 어렵다는 것이다. 결국 우포청의 도움을 받아야 하는데, 과연 우포청의 병력만을 지원받아 가능한 일인지는 좀처럼 확신할 수 없었다.
어쩌면 군부의 도움을 받아야 할지도 모른다는 생각을 하며 자신의 집무실로 들어서던 세영의 발걸음이 멈춰졌다.
"이젠 주인도 없는 방에 막 들어오냐?"

"소, 송구합니다, 대인."

황급히 고개를 숙이는 막야를 흘겨보며 자리에 앉은 세영이 불퉁거렸다.

"또 왜?"

"그, 그게… 도, 돈이……."

"이자 줄 돈은 건너갔잖아."

며칠 전에 기루와 주루들에서 걷어 들인 상납금 중 평소와 같은 상납금을 제외하곤 모조리 건네주었던 것이다.

"이율을 올리겠답니다."

"누가?"

"돈을 빌려 준 사람이……."

"그 자식이 미쳤나? 갑자기 이율을 올리면 우린 어쩌라고?"

"해서 막주께서 돈을 융통할 만한 다른 곳을 알아보셨는데……."

"알아봤는데?"

"어려울 듯하시다고……."

"그래서 어쩌라고?"

"오른 이자를 준비하든가, 아니면 돈 빌려 준 놈의 목을……."

막야의 말에 세영이 조심스럽게 물었다.

"돈 빌려 준 놈, 고리대금업자냐?"

"그건 아니고… 제법 이름깨나 있는 재산갑니다. 나쁜 일도 많이 하긴 했지만 다른 재산가들보다 크게 나쁜 건 아니라서……."

그렇다면 목을 베긴 어렵다. 그건… 강도나 다름없다. 거기다 살인까지……. 왜 살막의 살행을 정지시켰는데, 그만한 일로 애써 금지시킨 살행을 다시 허용할 생각은 없었다.

"아아, 그럼 후자는 불가."

"하오시면……?"

"얼마나 오른 건데?"

"일 할을 더 올리겠답니다."

"일 할이면… 그럼 사 할!"

"예, 예전이 삼 할이었으니 그리되는 것입죠."

"이런 불한당 같은 새끼!"

펄펄 뛰던 세영이 물었다.

"왜 갑자기 더 올리는 건데?"

"그간 이자를 제때 못 냈다고……."

"무슨 소리야! 내가 매달 금자로 삼백 냥씩이나 보냈는데?"

그뿐이 아니다. 소소히 생기는 돈에 자신의 녹봉까지 깔끔하게 긁어 갔으니까.

"저기… 그 돈으로는 이자를 모두 낼 수 없습니다."

"그, 그거야 알긴 하지만……."

자신의 녹봉에다 소소하게 생기는 돈까지 쓸어 가긴 하지만 그건 일정하지 않다. 하니 그걸 제외하고 나면 살막으로 흘러들어가는 돈은 매달 금자로 3백 냥이다.

하지만 매달 부담해야 하는 이자는 4백 냥이 넘는다. 정확하게는 428냥이다. 그러니 매달 128냥씩 이자가 부족한 셈이었다.

"거기다 생활비를 떼면……."

막야가 단 사족에 세영이 물었다.

"흠… 그래서 얼마씩 갚은 건데?"

"한 달에 이백칠십 냥씩……."

그 말대로라면 매달 갚지 못하는 이자는 158냥으로 늘어나는 셈이다.

하지만 2천에 달하는 식구를 거느리며 금자 3십 냥으로 한 달을 버텼다는 건 무지막지하게 허리띠를 졸라맸다는 소리였다.

거기다 대곤 아무 말도 할 수 없었다.

"제대로 먹고 살긴 하냐?"

"풀칠은 합니다요."

막야의 말이 과장이라고 할 수는 없었다. 그래서 입맛만 다시는 세영에게 막야가 말을 이었다.

"여하간 그 탓에 지난 넉 달 동안 못 치른 이자만도 금자로 백오십 냥이나 되고… 해서 불확실성이 높다고 이자를 올린답니다."

"미친놈! 삼 할의 이자도 다 못 치르는 사람에게 사 할짜 리 이자를 갚으라면 가능은 하고?"

알지도 못하는 채권자를 향해 적의를 내뿜는 세영에게 막 야가 조심스럽게 물었다.

"어찌하올지 답을 받아 오라는 막주의 분부가 계셨습니 다."

"일단… 더 알아본다고 전해."

"알겠습니다."

고개를 조아려 보인 막야는 창문을 통해 사라졌다. 그렇 게 홀로 남겨진 세영의 입에서 한숨이 연이어 흘러나왔다.

분명 잘못된 일이다. 남을 자신이 왜 벌어 먹여 살린단 말 인가? 물론 자신이 스스로 나섰다는 건 안다. 하지만……

"에이, 빌어먹을. 에이!"

욕지거리를 내뱉었지만 자신의 책임을 면할 수 없다는 것 은 안다. 더구나 이번 일은 누가 시켜서 한 것도 아니었다.

원망할 곳도 없다는 소리다. 결국 세영이 선택할 수 있는 것은 어디서든 돈을 더 긁어내는 것이었다.

그것도 양민들에게 피해가 가지 않도록.

'가만, 양민!'

양민의 반대말은 폭도, 범죄자, 도적, 마적, 산적 등이다. 그 중에는 꽤나 마음에 드는 단어가 들어 있었다.

"산적이란 말이지……."
중얼거리는 세영의 입가에 의미심장한 미소가 깃들었다.

취조실에 산적들 아홉이 매달렸다. 적지 않은 수였지만 나한이파 열여덟을 다뤄 봤던 이축은 능숙하게 산적들을 관리했다.
삐걱-
기분 나쁜 소리를 내며 취조실의 문이 열렸다.
"어서 오십시오."
이축의 인사를 받으며 들어서던 세영이 물었다.
"준비는?"
"복술이도 준비되었고, 도구도 다 갖춰 놨습니다."
그 답에 살펴보니 반짝반짝 윤기가 도는 고문 도구들과 우리 안에서 번들거리는 눈으로 천장에 매달린 산적들을 노려보는 복술이도 보였다.
"그럼 시작할까?"
팔을 풀며 산적들에게 다가서는 세영에게 이축이 물었다.
"오늘도 직접 하시려고요?"
"그야… 한데, 왜?"
"그게… 요사이 제가 하는 일 없이 밥만 축내는 것 같아서요."
그 말에 세영이 미안한 표정을 지었다.

사실 취조실은 이축의 담당이었기 때문이다. 그 관점에서 본다면 세영, 자신은 남의 일을 빼앗은 셈이었다.

"험험, 뭐, 그럼 네가 한번 해 볼래?"

"그, 그래도 됩니까?"

왠지 반색하는 이축에게 세영이 어깨를 으쓱여 보였다.

"기대하마."

물러나는 세영에게 고개를 숙여 보인 이축이 앞으로 나섰다.

그런 이축을 바라보던 산적들은 긴장된 신색을 감추지 못했다. 그 긴장에 보답이라도 하려는 듯이 이축이 고문 도구들 사이에서 작은 소도를 집어 들었다.

꿀꺽-

여기저기에서 긴장감에 침 넘어가는 소리가 들렸다. 한데 그런 산적들에게 다가서는 이축을 세영이 불러 세웠다.

"이축."

"예, 포교님."

돌아보는 이축에게 세영이 물었다.

"피 보게?"

세영의 시선이 자신이 들고 있는 소도에 머문다는 것을 알아차린 이축이 작게 웃었다.

"흐흐흐, 원래 고문은 살짝 포를 뜨는 것에서 시작하는 것이라서… 피도 많이 나진 않습니다."

"쯧, 그간 도대체 뭘 보고 배운 건지."
"네?"
말귀를 못 알아듣는 이축에게 세영이 말했다.
"물건이 상하면 제값 받기 어려운 법이다."
"제값… 그럼 이놈들도……?"
"돈 들고 오면 내줘야지. 그게 상도의니까."
"그, 그럼 어떻게……?"
"이거 됐다 뭐에 쓰게."

주먹을 들어 보이는 세영를 바라보며 이축이 식은땀을 흘렸다.

"그, 그건 차마……."
"쯔쯔, 그렇게 간이 적어서야……. 비켜 봐."

이축을 밀어내고 다시 앞으로 나선 세영이 가장 먼저 한 일은 제일 촉감이 좋은 가죽 장갑을 찾아 손에 끼는 것이었다.

"재갈들은 제대로 물린 거지?"
"그, 그럼요. 아무리 비명을 질러도 밖으로 새어 나가지 않을 겁니다."
"좋았어, 그럼 시작한다."

세영이 가장 왼쪽에 있는 산적에게 다가서는 것을 바라보던 이축이 고개를 돌렸다. 그리고…

퍽, 퍽, 퍽-

주기적으로 들려오는 격타음에 산적들의 눈이 경악으로 물들었다.
　세영 희대의 고문법인 '낭심 치기'가 다시 세상에 모습을 드러낸 때문이었다.

　　　　❈　　　❈　　　❈

　산적이 취조실에 매달린 지 엿새, 다른 때 같았다면 협상자가 다녀갔어도 벌써 다녀갔을 시간임에도 아무런 조치가 없자 세영이 먼저 기다림을 걷어치웠다.
　"저놈, 내려 봐."
　세영의 명에 이축이 천장에 매달려 있던 산적 중 한 명을 끌어 내렸다. 끌어 내려진 산적은 세영이 다가서는 것에 부들부들 떨었다.
　그런 산적을 바라보며 세영이 말했다.
　"재갈도 좀 풀고."
　재갈이 풀린 산적이 고함을 질렀다.
　"주, 죽여 주시오! 제발, 제발 부탁이오."
　눈물까지 흘리며 사정하는 산적은 정말 진심으로 보였다. 그런 산적을 바라보며 세영이 낮게 혀를 찼다.
　"쯧, 사내자식이 죽을 생각부터 하긴… 살아야지. 살아서 더 좋은 세상 봐야 하지 않겠냐?"

"아, 아니오, 그냥 제발 편하게 죽여 주시오. 더는… 더는 못 견디겠소. 이렇게 부탁드리오. 아니, 부탁드립니다. 포교 나리, 제발……."

"어허, 그 자식… 살길을 알려 준다는데도. 그래, 뭘 어쩌겠냐, 네가 정히 싫다는 데야. 이축."

"예, 포교님."

"그 자식, 복술이 우리에 처넣어."

"옙, 포교님."

복명한 이축이 산적을 으르렁거리는 늑대가 들어 있는 우리로 끌자 산적이 발버둥을 치며 고함을 질렀다.

"사, 살려 주십시오! 살려만 주시면 뭐든지 다하겠습니다!"

"아~ 그 자식, 죽여 달랬다, 살려 달랬다. 도대체 어쩌라는 거야!"

세영의 짜증에 이축에게 끌려가던 산적이 황급히 말했다.

"사, 살려 주십시오! 시키는 건 뭐, 뭐든지 다 하겠습니다!"

"정말이야?"

"그, 그럼요, 진짭니다! 맹세합니다!"

산적의 말에 세영이 이축을 불러 세웠다.

"이축."

"예, 포교님."

산적을 잡다 • 151

"그 새끼, 이리로 끌고 와 봐."
"예."
이축의 손에 끌려온 산적은 정말로 죽을 뻔했다는 것에 사색이 되어 있었다.
그런 산적에게 세영이 물었다.
"정말 뭐든지 다 할 거지?"
"그, 그럼요."
"만약 어기면?"
"제, 제가 벼, 벼락을 맞아 죽을 겁니다."
"무슨… 벼락까지도 안 가. 내 손에 맞아 뒈질 테니까."
주먹을 그러쥐어 보이는 세영의 스산한 음성에 산적은 정신없이 고개를 끄덕였다.
"그, 그렇고말굽쇼."
"그래, 그럼. 일단, 출신?"
"노, 녹림입니다."
"쓰읍… 네가 누구한테 '고향이 어디십니까?'라고 물었는데 그가 '중원.' 그러면 좋겠냐?"
못마땅한 표정인 세영의 말에 산적이 재빨리 답했다.
"천중채입니다."
"천중채… 그럼 천중산에 있는 거야?"
"아, 아닙니다. 이사를 와서 허산에 있습니다요."
"허산이면……?"

세영의 의문에 뒤에 서 있던 이축이 재빨리 답했다.

"하남의 동남부에서 북부로 올라오자면 반드시 거쳐야 하는 산입니다. 개봉에서 동남쪽으로 삼백 리 정도 떨어져 있습니다."

이축의 설명에 고개를 끄덕인 세영이 산적에게 물었다.

"이름?"

"요, 요삼입니다."

"그래, 요삼이, 배고프지?"

"그, 그야 조금……."

"이축."

"예, 포교님."

"밥 좀 가져와라."

"예."

곧바로 이축이 제법 잘 차려진 밥상을 들이자 세영이 요삼에게 눈짓했다.

"먹어."

"저, 정말 먹어도 됩니까?"

"그래, 먹어."

"가, 감사합니다."

요삼은 두말없이 밥상에 달려들었다. 무언가를 생각하기엔 너무나 배가 고팠기 때문이다.

천장에 매달려 있는 6일 동안, 밥이라곤 3일 전에 얻어먹은 주먹밥 하나가 전부였던 것이다.

그렇게 허겁지겁 밥을 퍼먹는 요삼의 앞으로 물병을 놓아주며 세영이 은근한 음성으로 말했다.

"내가 궁금한 게 하나 있는데······."

"우걱우걱, 하문만 하십시오, 대인."

연신 밥을 입안으로 퍼 넣는 요삼의 답에 세영이 물었다.

"왜 네들을 구하러 오지 않는 걸까?"

"누··· 가 말씀이십니까?"

"너희 산채, 아니, 두령이라고 해야 할까? 여하튼 여기 수하가 잡혔는데 구하러 와야 정석이잖아."

세영의 물음에 요삼이 고개를 저었다.

"에이~ 어떤 산채가 관부에 붙잡힌 수하를 구하러 옵니까?"

"그럼 안 와?"

"당연하죠."

그 답에 세영의 시선이 이축에게 돌려졌다.

"이 말··· 사실이야?"

"그게··· 그러고 보니 관부에 붙잡힌 동료를 구하러 왔다는 산적의 이야기는 들어 보지 못한 것 같습니다."

"이런! 그걸 왜 이제야 말해!"

"그, 그게··· 죄, 죄송합니다."

고개를 조아리는 이축에게서 시선을 돌린 세영이 여전히

밥을 먹느라 정신이 없는 요삼에게 물었다.

"요삼."

"예, 우걱우걱. 예, 대인."

"네들이 구해 달라고 편지 보내면 올까?"

"안 올걸요?"

"내가 돈 주면 너희를 풀어 준다고 서찰을 쓰면?"

"돈 주면 풀어… 주실 겁니까?"

밥을 퍼먹다 말고 물어 오는 요삼의 눈엔 당황감이 깃들어 있었다.

그건 밥 먹는 요삼을 부러운 시선으로 바라보던 나머지 산적들도 마찬가지였다.

"그야… 돈만 맞는다면야……."

희망적인 이야기에도 불구하고 요삼은 이내 고개를 저었다.

"안 할 겁니다."

"왜?"

"우리 채주가 돈에 환장한 사람이거든요. 수하들 찾느니 돈을 지키는 쪽을 택할 겁니다."

그 말에 천장에 매달려 있는 다른 산적들도 고개를 주억거리는 것으로 봐선 거짓은 아닌 듯했다.

"뭐, 그런 자식이 다 있냐? 그럼 내가 돈을 받으려면 어찌해야 할 것 같냐?"

"저희들 데리고서는 돈 못 받습니다요."
"그럼?"
"혹시 채주가 잡혀 온다면 몰라도……."
요삼의 답에 세영이 심각한 표정을 지었다.
"채주를 잡아 온다?"
"예, 본인이 잡혔는데 돈이 문제겠습니까?"
제법 타당성이 있는 말이다. 그에 세영이 은근히 물었다.
"산채로 가는 길… 설명할 수 있지?"
"그야……."
답하다 말고 요삼이 입을 닫았다.
구하러 오지 않는다고 배신자까지 처단하러 오지 않는 것은 아니었기 때문이다.
요삼의 반응에서 대강의 사정을 읽은 세영이 피식 웃었다.
"먼 칼보다 가까운 늑대가 가끔은 더 무서운 법이란다, 요삼."
알지 못할 말을 남긴 세영이 이축을 돌아봤다.
"이축."
"예, 포교님."
"이 새끼 밥 다 먹으면 복술이 우리에 처넣어."
그 말을 남겨 두고 일어서는 세영의 다리를 수저를 내팽개친 요삼이 붙잡았다.

"사, 살려 주십시오, 대인!"
"살려 주려고 했는데 네가 싫다면서?"
"제, 제가 언제요?"
"산채로 가는 길."

그제야 무슨 뜻인지 알아들은 요삼이 무덤덤한 세영과 연신 으르렁거리는 늑대를 바라보더니 힘없이 고개를 숙였다.

"마, 말하겠습니다."

순간 천장에 매달려 있는 산적들이 몸부림을 쳤다. 아마도 말하지 말라는 뜻인 듯했다.

그런 산적들에게 시선을 던진 세영이 이축을 향해 말했다.

"저 새끼들, 차례차례 복술이 우리에 처넣어. 이야기 들을 사람은 한 명이면 족하니까."

순간 몸짓이 정지했던 산적들이 갑자기 이전보다 더 요동치기 시작했다.

그런 그들의 눈빛엔 자신이 요삼보다 더 잘 설명할 수 있다는 간절한 주장이 담겨 있었다.

제34장
반란과 혁명의 차이

천중채는 꽤나 교묘한 위치에 세워져 있었다.

좌, 우, 후 삼면이 낭떠러지로 이루어진 데다 전면의 진입로도 커다란 바위들로 인해 좁디좁은 소로 하나만 존재했다.

그 좁은 진입로 양쪽으로 솟은 바위 위를 손질해 앉혀 놓은 망루들에서 산적들이 경비를 서고 있었다.

"채주의 명으로 개봉에 들어갔던 놈들이 잡혔다면서?"

망을 보던 한 산적의 말에 함께 근무를 서던 산적이 고개를 끄덕였다.

"그랬다더라."

"그놈들… 목이 잘리겠지?"

"산적의 끝이 다 그렇지, 뭐."
"그나저나 왜 들어간 거래?"
"채주가 여자 하나 보쌈해 오라고 했다더라."
"여자?"
"그래. 뭐, 들리는 소문엔 이화루란 주루의 무슨 마담인가 뭐라던데, 꽤 반반한 모양이더라."

동료의 말에 처음 말을 꺼냈던 산적이 헛웃음을 흘렸다.
"허, 잡힌 놈들만 불쌍하게 되었구먼."
"다 그런 거지. 그나저나 지금 바람 불지 않았어?"
"글쎄, 난 잘 못 느꼈는데."
"그래? 그럼 감기 걸리려나……? 나만 바람을 느끼게."
"몸조심해. 몸뚱이가 전 재산인 놈들이 병들면 어째."
"그러게 말이다. 오늘은 자기 전에 따듯한 물이라도 한 대접 마시고 자야겠다."
"그래. 조심해."

두 산적의 이야기가 잦아들 무렵, 은보로 천중채의 안쪽까지 들어선 세영이 제법 커다란 모옥으로 스며들었다.

'어쭈!'

세영의 눈이 향한 곳엔 모옥의 반을 차지할 정도로 커다란 침상에 벌거벗은 사내가 대자로 뻗어 있었다.

슬며시 침상으로 다가선 세영이 사내의 뺨을 쳤다.

철썩-

"어이쿠!"

기겁을 한 사내가 벌떡 일어섰다.

"쉿!"

손가락을 자신의 입 앞에 세워 대는 세영을 꿈벅꿈벅 눈을 감았다 뜨며 바라보던 사내가 물었다.

"누, 누구냐?"

"나? 포교."

"포, 포교?"

"그래, 포교."

"치, 침입자! 여봐……"

비로소 상대가 침입자라는 것을 알아차린 사내가 고함을 지르려는 찰나 별이 번쩍였다.

털썩-

금세 눈가가 시퍼렇게 변해 가며 정신을 잃은 사내를 내려다보던 세영이 뺨을 긁적였다.

"아직 확인도 안 했는데……"

곤란해하는 세영의 눈으로 문을 열고 조심스럽게 고개를 들이미는 산적이 보였다. 그 짧은 고함을 들었던 모양이다.

팡-

바람의 파공성과 함께 사라진 세영의 신형이 고개를 들이민 산적의 코앞에서 솟았다.

반란과 혁명의 차이 • 163

"억!"

비명은 제대로 입 밖으로 벗어나지도 못했다. 목을 콱 움켜쥔 세영이 그 산적을 안으로 잡아당긴 때문이었다.

순식간에 끌려 들어온 산적의 입을 틀어막은 세영이 낮게 속삭였다.

"조용히 하면 살려는 준다. 비명을 지르면… 알지?"

손으로 목을 긋는 시늉에 산적은 겁에 질린 얼굴로 고개를 끄덕였다.

"좋아. 이제 손을 놓을 거야. 다시 말하지만 고함을 지르려 입만 뻥긋해도 골로 가는 거야. 알았지?"

다시금 고개를 끄덕이는 산적을 확인한 세영이 천천히 손을 놓았다. 산적은 약속 때문인지, 아니면 겁에 질려선지 비명을 지르진 않았다.

그런 산적에게 세영이 물었다.

"이 자식, 이름이 뭐야?"

"거, 거패……."

"거패? 그럼 여기 이거?"

요삼에게서 들었던 이름이 거론되자 엄지손가락을 세워 보이는 세영에게 산적이 고개를 끄덕였다.

"마, 맞습니다. 채, 채줍니다."

산적의 답에 세영의 입가로 만족한 미소가 그려졌다.

"제대로 짚긴 짚었네."

정신을 잃고 쓰러진 사내를 대충 둘러업고 몸을 돌린 세영이 산적에게 말했다.
 "이 자식 찾고 싶으면 돈 갖고 좌포청으로 오라고 전해."
 무슨 뜻의 말인지 제대로 알아듣지 못한 산적을 두고 세영은 그길로 몸을 감추었다.
 그렇게 채주가 납치를 당하는 초유의 사태가 녹림의 천중채에서 벌어졌다.

 ❁ ❁ ❁

 거패가 눈을 뜬 것은 눅눅한 지하실 천장에 매달린 채였다.
 "우우웅."
 놀라서 떠들었지만 밖으로 나온 음성은 웅얼거림에 지나지 않았다.
 당황 중에 입안에서 이물감이 느껴졌다.
 '재갈!'
 자신의 상황을 알아차린 거패의 시선이 주변을 훑었다.
 왠지 낯이 익은 놈들 여덟이 곁에 매달려 있고… 자신을 뚱한 표정으로 바라보고 있는 포교와 포쾌, 그리고 눈도 못 마주치고 있는 낯익은 자식 하나 더.
 "깨어났냐?"

포교의 물음에 거패의 시선이 그에게 향했다.
'죽을지 알아!'
하지만 거패의 고함은 생각과 달리 나왔다.
"우우우우웅!"
"뭐래는 거야? 일단 시끄럽고, 얼마나 걸리겠냐?"
눈은 자신을 바라보고 있는데 물음은 자신에게 향한 것이 아니었던 모양이다. 기어들어 가는 음성이 낯익은 자식에게서 흘러나온 것을 보면.
"그게… 거리상 한 사나흘 정도는……."
"사나흘이라……. 뭐, 그 정도라면 기다릴 수 있지. 야- 이축."
"예, 포교님."
"물건 관리 잘해라. 돈 받고 넘기려면 상태가 좋아야 한다."
"예, 염려 마십시오."
"그래, 그리고 요삼이는… 뇌옥에 가둬 두고."
"예, 포교님."
이축의 복명을 받으며 취조실을 나서는 세영을 향해 거패는 뭐라고 소리를 질렀다.
물론 모조리 웅얼거리는 음성으로 흩어졌지만.

거패가 천장에 매달린 지 정확히 닷새. 못마땅한 표정의 세영이 요삼을 앞에 두고 물었다.

"어째 연락이 없는 거지?"

"그, 그게……."

"저 자식이 두령인 건 맞지?"

"예, 그건 확실합니다, 대인."

"한데 왜 연락이 없냐는 거다."

"그, 그건 소인도 잘……."

당황한 표정이 역력한 요삼에게서 시선을 돌린 세영이 이축을 불렀다.

"이축."

"예, 포교님."

"저 새끼 좀 내려 봐."

세영의 지목에 이축이 재빨리 거패를 끌어 내렸다.

바닥으로 내려진 거패는 여전히 독기 어린 눈으로 다가서는 세영을 노려보았다.

그런 그를 보며 피식 웃은 세영이 물었다.

"이름이 거패라고?"

"우우웅!"

"아! 이축, 재갈도 좀 풀어 줘라."

"예, 포교님."

이축이 재갈을 풀어내자마자 거패의 욕설이 튀어나왔다.

"이 똥물에 튀겨 죽일 새끼! 내가 가만둘 줄 아느냐!"

거패의 욕설에 세영이 눈살을 찌푸렸다.

"이래서 이런 새끼들은 일단 쥐어 패고 시작해야 한다니까."

"패? 그래, 이 새끼야, 패라! 한번 패 봐!"

악을 써 대는 거패를 바라보며 세영이 뺨을 긁적거렸다.

"일단 다시 재갈을 물려."

세영의 명에 이축이 거패의 입에 다시 재갈을 물렸다. 그제야 조용해지자 세영이 이축에게 말했다.

"시간이 별로 없다. 이틀, 이틀 줄 테니까. 이 자식한테서 기운 좀 빼놔. 단, 피는 보지 말고."

세영의 말에 이축이 조심스럽게 물었다.

"뼈는 좀 상해도 되는 겁니까?"

"당연히 안 되지."

세영의 답에 이축이 실망한 표정으로 말했다.

"피도 보지 말고, 뼈도 상하지 말아야 하고, 힘을 좀 빼놓으란 말씀이시죠?"

"그래."

"알겠습니다."

이축의 답에 세영은 두말없이 취조실을 나갔다.

이틀 후, 세영이 들어선 취조실에서 묘한 냄새가 진동을

했다.

"이게 무슨 냄새야?"

세영의 물음에 이축이 뒷머리를 긁적거렸다.

"똥 냄샙니다."

"똥?"

"예."

멋쩍게 웃는 이축의 답에 세영은 천장에 매달린 산적들을 바라보았다.

저리 매달려 있으면 소피와 대변은 그냥 쌀 수밖에 없다. 다른 곳에선 악조건을 조성하기 위해 그냥 두기도 하지만 이축은 그걸 벗겨서 빨아 입힌다.

깨끗한 근무 환경을 위해서라던가?

여하간 그 덕에 피 냄새는 나도 똥 냄새나 오줌 냄새는 나지 않는 것이 이축의 취조실이었다.

하지만 지금은 아니다.

"설마… 그냥 둔 거야?"

세영의 물음이 무엇을 뜻하는지 알아들은 이축이 고개를 저었다.

"아닙니다, 그런 거."

"그럼?"

"저치를 좀 담갔었습니다."

눈짓으로 거패를 가리키는 이축의 말에 세영이 고개를

갸웃거렸다.

"담가?"

"예, 목만 남겨 놓고 푹 담가 두었었습죠."

"…어디에다?"

불안하게 묻는 세영에게 이축이 싱그럽게 웃어 보였다.

"똥통이요."

이축의 답에 세영의 시선이 거패에게 향했다. 놈은 여전히 세영을 독기 어린 눈으로 바라보고 있었다.

"뭐야? 그래도 독기는 그대로잖아."

"어! 그래요? 그럼 다시 담글까요?"

이축의 말에 거패의 눈에서 독기가 힘없이 빠져나갔다.

그런 거패를 바라보며 묘하게 웃은 세영이 이축의 어깨를 두드렸다.

"좀 하는데?"

"제가 원래 좀 합니다. 헤헤헤."

실없이 웃는 이축의 어깨를 몇 번 더 두드려 준 세영이 거패에게 다가섰다.

"이제 대화를 좀 나눠 볼 의향이 생겼나?"

세영의 물음에 거패는 힘없이 고개를 끄덕였다.

그걸 확인한 세영이 이축에게 눈짓을 주자 그가 재빨리 거패를 내렸다.

힘없이 취조실 바닥에 주저앉은 거패에게 세영이 물었다.

"일단 왜 네 수하들이 널 구하러 오지 않는 걸까?"

"내가 여기에 있다는 걸 모를 테니까."

"뭔 소리야. 내가 친절하게 널 되찾고 싶으면 돈 갖고 좌포청으로 오라고 말해 두었는데."

세영의 말에 거패의 표정이 묘하게 변했다.

"저, 정말이야?"

"그럼 내가 너랑 헛소리하고 앉았겠냐? 나도 시간 없어, 바쁘단 말이다."

세영의 말에 거패의 표정이 심각하게 변했다. 그런 그의 표정 변화를 살피던 세영이 어이없는 음성으로 물었다.

"너… 배신당한 거야?"

세영의 물음에 거패는 답하지 못했다.

❈   ❈   ❈

이각은 채주의 태사의에 비스듬히 앉아서 소두령들의 보고를 듣고 있었다.

"경계망은 다시 보강했습니다."

"채주의 오막 내외로 경비를 배치했습니다."

"산채 외곽을 감시하는 경비들을 늘렸습니다."

소두령들의 보고에 이각이 말했다.

"잘했다. 그나저나 채주의 개인 금고에서 나온 금괴는 적당히 나눠 주었냐?"

"예, 채주. 애들이 환호성을 지르고 난리도 아니었습니다요."

"앞으론 그렇게 나눌 거다. 거패처럼 혼자 처먹지 않을 거라 그 말이다. 네들에게도 꽤 짭짤하게 돌아갈 거고."

이각의 말에 소두령들이 일제히 외쳤다.

"감사합니다, 채주!"

"좋아, 좋아. 그리고 지금 보고했던 대로 경비를 강화해라. 거패처럼 당하지 않아야 한다."

"여부가 있겠습니까? 물샐틈없이 경비를 강화해 놓았습니다."

"그래, 믿는다. 그리고⋯ 본채에 보낼 선물과 서찰은 준비했더냐?"

"예, 모두 준비해 두었습니다."

"서찰은 네가 썼냐?"

"제가 까막눈이어서⋯ 전에 훈장집에서 머슴을 살았었다는 놈이 썼습니다요."

한 소두령의 답에 이각이 물었다.

"뭐라 썼고?"

"거패 전 두령이 금괴를 들고 도주했노라고 썼다고 하였습니다요."

"잘했다. 그리해 두면 본채에선 달리 말이 없을 것이다."

"정말 그럴까요?"

 불안하게 묻는 소두령에게 이각이 답했다.

"십팔채 중에서 꼬라비인 우리 천중채다. 상납만 제대로 하면 신경 쓰지 않을 거란 소리지."

"그래야만 하는데……."

"그리될 거다. 그리고 거패 전 채주를 잡아갔다는 놈에 대해선 알아보았냐?"

 이각의 물음에 또 다른 소두령이 재빨리 답했다.

"이리저리 알아보았습니다만, 아무래도 굉마 같습니다."

"굉마? 하면 그가 정말로 좌포청에 투신했다는 말이냐?"

"그런 듯합니다. 개봉의 흑도들 사이에선 이미 정설로 받아들여지고 있습니다. 몇몇 흑도의 두령들은 직접 그의 혼례에도 참석했었다고 합니다."

"흠… 한데 그가 왜 우리를……?"

"실적 때문 아니었을까요?"

"실적?"

"예, 좌포청에 투신은 했고, 무언가 공은 세워야 하겠는데 마땅한 대상이 없었던 거죠. 그런 상황에서 거패 전 채주가 보낸 우리 애들이 잡히고……."

"그래서 거패 전 채주를 잡아갔다?"

"천중채 전부와 맞짱을 뜨자니 녹림이 걸리지 않았겠습

니까? 거기다 총채주의 성격상 그런 일이 벌어졌다면 참을 분도 아니시고…….”

"그야…….”

녹림의 총채주는 십대고수다. 천하에서 가장 강한 10명 중 1명이란 소리다. 제아무리 굉마라 해도 총채주 앞에선 고양이 앞의 생쥐 꼴이다.

하니 정면 충돌은 소두령의 말처럼 두려웠을 것이다.

"일단 알아는 봐야 하지 않겠습니까?"

소두령의 말에 이각이 고개를 저었다.

"아니, 그냥 둔다. 버리기로 마음먹었으면 완전히 버리는 게 좋아."

이각의 말에 소두령들이 일제히 고개를 숙였다.

하긴 매번 욕 아니면 구타나 퍼붓던 전 두령이다. 걱정할 가치도 없었다.

그것이 소두령들의 음성에 힘을 실었다.

"예, 채주."

※ ※ ※

천중채의 경계는 이전에 비교할 수 없을 정도로 강화되어 있었다. 망루와 초소의 수도 늘었고, 그곳에서 경계에 임하는 경비들의 수도 늘었다.

그중에서 제일 앞에 설치된 망루는 커다란 밤나무에 교묘하게 숨겨져 있었다.

"어! 저기 누가 오는데."

경비를 서던 한 산적의 말에 함께 망루에 있던 동료의 시선이 그 말을 쫓았다.

"정말인데."

"누구지?"

"길 잃은 나무꾼인가?"

"도끼가 없잖아."

"아! 그럼 장사치?"

순간 두 산적의 눈이 마주쳤다.

가끔 길 잃은 장사치가 망루 근처를 지나가는 일이 생기곤 한다. 그때 벌어들인 소득은 모조리 두 산적의 차지였다.

상부에 보고할 이유도 없고 필요도 없는 가외 소득이었기 때문이다.

"내가 뒤를 막지."

"그럼 내가 앞."

금방 의기투합한 두 산적이 망루에서 내려섰다.

"멈춰라!"

앞을 막은 산적의 고함에 길을 따라 올라오던 사내가 발길을 멈췄다. 그 뒤를 막아서며 또 다른 산적이 모습을 드러냈다.

"크흐흐, 도망치려는 생각은 버리는 게 좋을 거다."

앞뒤가 다 막힌 사내가 조심스럽게 물었다.

"저기… 혹시 천중채의 산대호들이세요?"

사내의 물음에 두 산적이 당황한 표정으로 물었다.

"누, 누구냐?"

"이런! 맞는가 보군요. 반갑습니다, 반가워요. 어이구~ 지도를 잘못 그려 줘서 제가 반나절을 헤맸다고요. 정말 반갑습니다."

자신들을 정말로 반가워하는 사내의 모습 탓에 두 산적은 요사이 산적에 대한 평가가 달라졌나 심각하게 고심해 볼 정도였다.

"그런데 정말 누구요?"

뒤를 막고 선 산적의 물음에 사내가 답했다.

"십칠… 아니, 막야라고… 천중채의 채주께서 보내신 심부름꾼입니다."

"채주? 채주는 지금 안에 있는데?"

"설마요, 그분은 지금 좌포청에 계신데요."

좌포청이란 단어에 산적들의 얼굴이 굳었다.

"그, 그럼 거, 거패 전 채주!"

"전 채주? 그럼 새 채주가 있단 말입니까?"

사내, 막야의 물음에 두 산적은 꿀 먹은 벙어리처럼 말을 하지 못했다.

　산적들의 안내로 산채로 들어선 막야가 이각과 마주했다.
"거, 거패 전 채주가 보냈다고?"
이각의 물음에 막야가 곤란하다는 듯이 답했다.
"거패 채주 그 양반, 자신이 전 채주가 되었다는 건 모르던데요."
"그, 그거야…… 여, 여하간! 여긴 왜 온 거지?"
"말을 전해 달라고 해서요."
"말? 무슨 말?"
이각의 물음에 막야가 답했다.
"그대로 전해 드릴까요?"
"다, 당연하지."
"그럼… 흠흠."
목청을 가다듬은 막야가 갑자기 고함을 질러 댔다.
"이각! 이 후레아들놈의 자식아! 딴생각 그만 처먹고 엉덩이에 불난 듯이 못 달려오겠느냐? 내 나중에 모가지를 뽑아 버리기 전에 방울 소리 울리게 달려오란 말이다!"
어찌나 실감나게 재현을 했던지, 이각이 벌떡 일어나 답했다.
"예, 예! 채주."
답을 해 놓고 당황하는 이각에게 막야가 웃음을 지어 보였다.

"이렇게 전해 올리라 하셨습니다요."

"흠흠……."

헛기침을 하며 자리에 앉은 이각이 겁먹은 음성으로 물었다.

"건강은……?"

"팔팔하시던데요."

"설마 방면되거나 그러진 않겠지?"

이각의 물음에 막야가 웃으며 답했다.

"포교님의 말씀으론 돈을 받으면 그냥 풀어 주고, 못 받으면 작살나게 두들겨 패서 풀어 줄 거라는뎁쇼."

"푸, 풀어 줘? 아니, 왜? 그렇게 잡아갔으면 목을 잘라서 효수를 해야지! 그게 산적에 대한 처벌이잖아!"

"그게 맞긴 한데… 포교님의 생각은 좀 다른가 보던데요."

"달라? 뭐가 달라?"

"거꽤 채주가 자길 놔주면 반드시 돈을 주겠다고 약속을 했거든요."

"그, 그런 비리 포교가 어디에 있다고!"

"좌포청에 있던데요."

막야의 답에 이각은 당황한 표정을 감추지 못했다. 그건 소두령들도 마찬가지다.

성질이 더러워서 그렇지, 거패의 실력은 자신들이 더 잘 알고 있었다. 그가 돌아온다면… 자신들은 살아도 산 게 아닐 것이다. 아니, 그 불같은 성격상 어쩌면 정말로 목이 날아갈 수도 있었다.

"이, 이각 채주."

겁에 질린 소두령들의 부름에 이각이 작게 답했다.

"자, 잠시, 잠시만 기다리게."

그렇게 소두령들의 입을 막아 두고 한참 생각을 정리한 이각이 막야에게 물었다.

"그 포교가 혹 굉마인가?"

"굉마, 그 양반은 포쾌죠."

"포쾌?"

"예, 포교 밑에 있는 포쾌 말입니다."

"설마 굉마가 누구의 밑에 있단 말인가?"

"포교님 밑에 있습죠. 그분이 워낙 뛰어난 분이시라……."

"가만, 그럼 거패 채주도……."

"포교님이 잡아가셨죠."

"굉마가 아니라?"

"예."

막야의 답에 잠시 또 무언가를 생각하던 이각이 물었다.

"그 포교가 돈을 밝힌다고?"

"아마도……."

그것이 누구 때문인지 아는 막야는 답을 하며 겸연쩍은 표정을 감추지 못했다.

하지만 막야의 표정은 관심 밖이었던 이각은 그를 보는 대신 생각에 골몰해 있었다.

그러길 잠시.

"그와 다리를 놓아 줄 수 있겠나?"

"누구… 포교님하고요?"

"그러하네. 내 섭섭지 않게 거간비는 줄 터이니, 그에게 다리를 좀 놓아주게."

"도, 돈을 주신다고요!"

눈을 반짝이는 막야에게 이각이 금괴 하나를 던졌다.

"적어도 닷 냥은 나갈 걸세. 성사되면 그런 걸 하나 더 주지."

이각의 말에 막야의 눈이 휘둥그레졌다.

살행이 금지된 이후 돈을 만져 본 적이 없었다. 그렇게 좋아하던 술도 못 먹고, 자신을 학수고대하고 기다릴 매향이한테도 못 가 본 게 벌써 4달이 넘어간다.

"그, 그렇게만 해 주신다면……."

막야가 쥔 금괴를 내리누르며 이각이 말했다.

"단, 거패 전 채주는 몰라야 하네."

"아, 알겠습니다."

막야의 답에 금괴를 누르고 있던 이각의 손이 떼어졌다.

그길로 금괴를 품에 갈무리한 막야가 함박웃음을 지어 보였다.

제35장
사업을 넓히다

 허산에서 돌아온 막야와 마주 앉은 세영이 묘한 시선으로 그를 바라보았다.
 "그러니까, 이각이란 놈이 거패 놈 몰래 날 보자 했다고?"
 "예, 대인."
 "왜?"
 "그, 그야 소인이 어찌……?"
 이유를 모른다며 고개를 젓는 막야를 지그시 바라보던 세영이 느닷없이 손을 내밀었다.
 "뭐, 뭡니까?"
 "좋은 말로 할 때 내놓지."
 "뭐, 뭘 말입니까?"

"나랑 자리를 마련해 주는 대가로 받은 거 말이다."

세영의 말에 막야가 당황한 표정으로 고개를 저었다.

"무, 무슨 말씀이신지 전 잘……."

"뒤져서 나오면 은자 한 냥당 한 대다."

벌떡 자리에서 일어서는 세영의 앞으로 금괴 하나가 들이밀어졌다.

"죽여 주십시오."

고개를 꽉 숙이고 있는 막야를 바라보며 피식 웃은 세영이 물었다.

"한데 이거 가지고 뭐하려고 했냐?"

"수, 술을 조금… 워낙 먹어 본 지가 오래되어서……."

"술만 먹으려고 했다?"

세영의 음성에 낮게 깔리는 사나움에 막야의 기어들어 가는 목소리가 이어졌다.

"매, 매향이도 한번 보고……."

"매향이?"

"도화원의 기녀입니다요."

도화원이면…

"고관들만 간다던 개봉 제일 기루?"

놀라는 세영의 물음에 막야의 고개가 더 깊이 숙여졌다.

"예……."

"아니, 네가 거길 어떻게?"

"거, 거상이라고 속여서……."

그 말만으로도 알 만했다. 아마 그 위장을 위해 막야는 자신이 자객행으로 벌어들인 거의 모든 돈을 도화원에 뿌렸을 것이 분명했다.

"멍청한 자식, 한낱 기녀에게 홀려서는……."

"그, 그냥 기녀가 아닙니다!"

"그냥 기녀가 아니면?"

"저, 저만 기다려 주는……."

"예라, 이 자식아!"

냅다 집어 던지는 물잔을 재빨리 피하는 막야에게 세영이 핀잔을 주었다.

"세상에 손님 하나만 바라보는 기녀가 어디에 있느냔 말이다. 이놈, 저놈 다 제 서방처럼, 제 연인처럼 구는 것이 기녀이건만."

"아, 아닙니다! 정말 그녀는 그렇지 않단 말입니다."

평소와 달리 제법 반항하는 막야에게 세영이 고함을 질렀다.

"이걸 확! 계속 헛소리하면 아주 옥수수를 모조리 털어 버릴 테니까."

세영의 위협에 말을 멈춘 막야의 입이 댓 발이나 나와 있었다.

그걸 보며 혀를 찬 세영이 금괴를 도로 밀었다. 그에 환해지는 막야에게 세영이 못을 박았다.
"꿈 깨! 너 도로 가져가란 게 아니라 네 막주한테 가져다주라는 거니까."
세영의 말에 막야가 금세 풀 죽은 얼굴이 되었다.
"예……."
"만약 샜다가는 알지!"
주먹을 들어 보이는 세영에게 막야가 힘없이 고개를 끄덕였다.
"안 샙니다."
"그래. 막주한테 그거 전해 주고 넌 곧바로 천중채에 다시 다녀와라. 가서 이각이란 놈에게 내가 허락했다고 전해 주란 말이다."
"예."
여전히 입을 내밀고 힘없이 답한 막야가 어쩐 일인지 창문이 아니라 문을 열고 나갔다. 일종의 반항인 셈이다.
그 모습에 세영이 못마땅한 음성을 흘렸다.
"저, 저."

  ✽ ✽ ✽

연화는 기녀들의 숙소인 별원에서 한숨을 길게 내쉬었다. 그런 연화에게 수련이 다가왔다.

"왜 그래요?"

"그냥, 답답해서."

"그럼 나가서 바람 좀 쐴래요?"

"아니, 귀찮아."

고개를 젓는 연화에게 수련이 조심스럽게 물었다.

"근데 언니."

"왜?"

"언닌 왜 여기에 남아 있는 거예요?"

"그건……. 그런 너는?"

"저야 뭐, 언니가 여기 있으니까……."

수련은 연화의 사매였다.

연화, 그러니까 기 낭자가 익힌 것은 일인 전승인 벽안마소다. 그런 기 낭자에게 사매라니 얼른 이해가 가지 않을 수도 있겠지만, 기 낭자의 사부가 전란 통에 버려진 수련을 주워다 길렀다.

물론 벽안마소는 전수하지 않았다. 아니, 할 수 없었다. 자신의 생명과 함께 전수되는 것이 벽안마소였으니까.

대신 수련, 살막에서 27호라 불리는 여인에겐 그녀가 강호에서 살아오며 익힌 잡다한 무공을 전수했다.

그 탓에 두 사람의 인연이 사승으로 엮인 것이다.

드르륵.

갑작스레 열린 문으로 인해 두 사람의 이야기가 중단되었다. 그렇게 두 사람이 머무는 방으로 들어선 이는 살막에서 15호라 불리는 자화였다.

"너, 또 언니한테 내 흉보고 있었지?"

자화의 말에 수련이 고개를 저었다.

"피— 언니는 맨날 내가 고자질쟁이로 보여요?"

"그러다 걸린 게 한두 번이 아니니까 그렇지!"

"흥, 그러게 흉볼 일을 만들지 말았어야죠."

"이게!"

두 여인의 투덕거림에 연화가 끼어들었다.

"그만. 그러다 또 싸울라. 어째 너희 둘은 매번 만나기만 하면 싸우는 거니?"

"그야 저게 맨날 내 험담만 하고 다니니까 그렇죠."

"흥! 맨날 흉볼 일만 만들고 다니니까 그렇죠."

여전히 한 치도 양보 없이 서로를 바라보며 눈을 치켜뜨는 두 여인의 모습에 연화가 머리를 저었다.

한 남자를 사랑하는 두 여인, 거기서 오는 질투는 좀처럼 식을 줄 몰랐다.

그 싸움에 휘말리기 싫다는 듯이 자리에서 일어서는 연화에게 자화가 깜박 잊고 있었다는 듯이 말했다.

"참! 언니, 그분 왔는데."

"그분?"

"박 포교님 말씀이에요."

자화의 답에 연화의 눈이 반짝이기 시작했다.

"어, 어디에 계시니?"

"매번 계시던 방이요."

"삼 층 귀빈실?"

"예."

자화의 답에 연화의 걸음이 빨라졌다. 그런 연화의 뒤에서 두 여인이 걱정스레 바라보고 있었다.

"잠시 들어가겠습니다."

고운 음성에 이협과 이야기 중이던 세영의 고개가 들렸다.

"누구… 애 불렀냐?"

"아직은… 누구냐?"

이협의 물음에 연화가 답했다.

"연화입니다."

그에 이협의 시선이 슬쩍 세영에게 향했다.

"어찌… 할까요?"

"들어오라고 해."

세영의 말에 이협이 밖으로 말했다.

"들어오너라."

이협의 허락에 문이 열리고 연화가 들어섰다.

"연화가 박 포교님께 인사 올립니다."

사업을 넓히다 • 191

가뿐하게 인사를 올리는 연화를 바라보며 세영이 고개를 끄덕였다.

"그래, 오랜만이다."

"예, 오랜만에 뵈어요."

그런 두 사람을 바라보던 이협이 슬쩍 자리에서 일어섰다.

"하면 전 이만 나가 보겠습니다."

"그래, 그거 한번 알아보고."

"예, 최대한 빨리 알아보고 연락을 드리겠습니다."

"그래. 수고."

"예, 그럼……."

가볍게 고개를 숙여 보인 이협이 나가자 연화가 세영의 곁으로 다가앉았다.

"너무 오래만이라 얼굴을 잊어버릴 뻔했어요."

"설마 보름 못 봤다고 얼굴 까먹기야 하겠냐."

빙긋이 웃는 세영에게 연화가 술을 따랐다.

한참 이 이야기기, 저 이야기 나누던 세영이 연화에게 물었다.

"하나만 묻자."

"예, 하문하시어요."

"기녀들한테도 정리(情理)라는 것이 있냐?"

"정리… 어떤 정리를 말씀하시는지요?"

연화의 물음에 세영이 답했다.

"뭐라고 해야 할까? 애정은 너무 식상하고, 사랑은 너무 간지럽고. 의리라고 해야 하나? 뭐, 그런 거 말이다."

"한 사내만 바라보는 마음을 말씀하시는 것인가요?"

"그래, 바로 그거다!"

"기녀도 여인인데 왜 그런 마음이 없겠어요."

"하면 그런 마음이 있단 말이지?"

"그럼요."

"흠……."

혼자 생각에 잠기는 세영을 바라보며 연화가 물었다.

"한데 왜 갑자기 그런 물음을……?"

"아! 어떤 정신 나간 자식이 그런 기녀가 있다고 우기기에 말이다."

"정신… 나간 사람이요?"

"그래, 그런 자식이 있다. 솔직히 난 믿지 않거든. 한 남자만 바라보는 기녀라니. 그러려면 기녀를 때려치우든지 해야지. 이놈저놈한테 웃음 팔면서 한 남자만 바라본다니, 그게 가당키나 하냔 말이다."

세영의 말에 연화의 얼굴은 딱딱하게 굳어 가고 있었다.

❀　　❀　　❀

사업을 넓히다 • 193

막야에게서 연락을 받은 이각이 세영을 찾아온 것은 그로부터 사흘이 흐른 시점이었다.

"누가 왔다고?"

손님이 찾아왔다는 정용의 말에 세영이 물었다.

"막 대인의 소개로 왔다고 하던데요?"

"막 대인?"

"예, 막야 대인이라고……."

"풋- 아, 알았으니 데려 오너라."

"예."

복명한 정용이 달려간 지 얼마 후, 잔뜩 긴장한 염소수염의 사내가 정용의 안내로 들어섰다.

"이, 이각이 대인을 뵙습니다."

고개를 조아리는 이각에게 세영이 맞은편 의자를 가리켰다.

"앉아."

"예, 대인."

이각은 공손했다.

그가 이리 공손해진 것은 그간 나름대로 세영에 대해 정보를 수집한 까닭이었다. 물론 모두를 믿긴 힘든 내용들이었지만 말이다.

특히 소림이 떼거리로 몰려왔다 패하고 물러났다는 소문은 한참 웃었을 정도로 어이가 없기도 했다.

"그래, 할 말이 있다고?"

세영의 물음에 이각이 침을 삼키곤 답했다.

"예, 대인."

"한번 들어 볼 테니 무슨 이야기인지 해 봐."

"이야기 듣기로 거패 채주를 풀어 주기로 하셨다고 들었습니다."

"적당한 돈을 내기로 했으니까."

"그게 얼마 정도인지 여쭈어도 되겠습니까?"

"네가 어느 정도를 상상하든 그 이상쯤."

슬쩍 던진 세영의 말에 이각의 표정이 눈에 띄게 굳었다.

"제, 제가 그 두 배를 드리겠습니다."

이각의 말에 세영의 얼굴에 호기심이 드러났다.

"그래? 두 배라 이거지?"

"예, 예, 대인."

"그럼 그게 대충 얼마 정도인지는 아나?"

"말씀만 해 주시면······."

"네가 예상하는 금액을 불러 봐."

세영의 물음에 이각은 거패 전 채주가 부를 수 있는 최대치를 떠올려 봤다.

'일천 냥? 아니야, 소두령들과 애들한테 나눠 준 금괴의 양만 따져도 그것보단 많았어. 그럼··· 이천 냥? 아니야, 아니야. 제 목숨을 살리려는 건데··· 개인 금고의 절반이면···

허억! 오, 오천 냥!'

　속으로 기함을 한 이각이 조심스럽게 말을 꺼냈다.

"저기… 오, 오천 냥이면……."

　이전에 받은 돈에 비해서는 작을지 몰라도 상당히 큰돈이다. 하지만 어차피 그 돈으론 눈앞에 닥친 상황을 해결할 수 없었다.

"일시불 말고 할부는 어때?"

　세영의 물음에 이각이 멍한 표정이 되었다.

"할… 부 말씀이십니까?"

"그래. 매달 나눠 내는 거지, 평생."

　평생이라는 단어가 마음에 걸렸지만 그걸 역으로 돌리니 오히려 자신들에겐 좋은 조건이다.

"그럼 그동안은 거패 전 채주가 산채로 돌아오는 일은……?"

"없어야지. 나도 그만한 상도의는 지킬 줄 안다고."

"그, 그렇다면 얼마나……?"

"너희들이 그럼 한 달에 얼마나 버는데?"

　세영의 물음에 이각의 머리가 팽팽 돌아가기 시작했다.

　산적이 으레 그렇듯이 한 달에 벌어들이는 수익은 일정치 않다. 어쩔 땐 수천 냥을 벌기도 하지만 또 어쩔 땐 손가락만 빨기도 한다. 그걸 평균을 내면…….

"한 오백 냥은 될 겁니다."

"금… 자로겠지?"

"그럼요."

"좋아, 그럼 얼마나 줄래?"

벌이와 상관없이 십팔채는 모두 총채로 매달 2백 냥을 상납한다. 거기다 자신들이 먹고살 돈을 빼면…….

"한 백 냥 정도……."

"겨우?"

불만족스러워하는 세영에게 이각이 재빨리 말했다.

"대신 드리기로 했던 돈도 드리겠습니다."

"주기로 했던 돈?"

"오천 냥 말씀입니다."

선불 5천 냥에 매달 백 냥이면 나쁜 장사는 아니다.

"뭐, 그 정도라면……."

세영의 말에 이각의 표정이 활짝 피고 있었다.

이각이 돌아간 다음 날, 5천 냥짜리 전표와 첫 달 치 상납금 백 냥을 받아 든 막야가 세영을 찾아왔다.

"여기……."

막야가 내미는 전표들에서 세영은 천 냥짜리 전표 1장과 오백 냥짜리 전표 2장을 빼냈다.

위로 상납하고, 또 우포청과도 나누어 먹을 돈이었던 것이다. 뿐인가? 이번 달 치 선불에서도 30냥을 빼냈다.

사업을 넓히다 • 197

"나머진 모두 막주에게 가져다줘라."
"예."
고개를 조아리는 막야에게 세영이 말했다.
"그 삼천 냥, 빚 갚는데 쓰지 말고 애들 좀 거둬 먹이라고 해. 입성도 좀 살피고. 허리띠를 졸라매도 가끔은 풀어 줘야 숨 쉬고 사는 거라는 내 말도 전하고."
세영의 말에 희미하게 미소 지은 막야가 고개를 조아렸다.
"예, 대인."
"가 봐."
세영의 손짓에 서운한 게 풀린 모양인지 막야가 창문으로 사라졌다.
그렇게 막야가 떠난 직후, 이협이 세영을 찾아왔다.
"자네가 어쩐 일이야?"
"알아보라 하신 일 때문에 찾아뵈었습니다."
"그 일이라면 급한 건 아니었는데, 뭘 이렇게까지……."
"그게… 조금 급하게 되었습니다."
다급한 얼굴인 이협의 말에 표정을 굳힌 세영이 자리를 가리켰다.
"일단 앉지."
자신의 권유에 자리에 앉은 이협에게 세영이 물었다.
"뭐가 어찌 되었기에 급하단 소리야?"

"그게… 문제가 좀 생겼습니다."

"문제? 무슨 문제?"

"그게… 매향이를 사겠다는 사람이 나섰습니다."

"사? 사람을 산단 말이야?"

"매기(賣妓)이기 때문입니다."

"매기?"

"팔고 살 수 있는 기녀를 뜻합지요."

"그게 무슨 소리야?"

"대부분은 감당할 수 없는 빚을 대신해서 기녀가 된 여인들이 이들에 속합니다. 때론 큰돈이 필요한 여인이 매기가 되기도 합지요. 다시 말해 돈 대신 자신의 몸을 판 기녀를 뜻하는 것입니다."

"그럼 노예처럼 기녀가 되어 산단 말이야?"

"그게… 조금 다릅니다. 돈 대신 팔려 왔지만 기녀 생활로 번 돈으로 그 빚을 갚기도 하죠. 대부분의 매기는 그렇게 매기의 신분에서 벗어납니다. 뭐, 그렇게 되었다 해도 기녀를 그만두는 매기들은 드문 편이긴 합니다만."

"어째서지?"

세영의 물음에 이협이 답했다.

"돈이 되니까요. 몸 버리고 기녀였단 꼬리표까지 붙은 여인이 돈도 없이 살기란 어려운 것이 현실이니까요."

"흠… 그럼 그 매향이란 기녀는 아직 돈을 다 못 갚은 건가?"

"그게 좀 이해가 가지 않습니다."

"왜?"

"처음엔 패나 열심히 돈을 갚던 아이랍니다. 얼굴도 반반해서 찾는 손님들도 많았고, 그 아이에게 큰돈을 뿌리는 손님도 적지 않았다고 합니다. 그 덕에 기생이 된 지 반년 만에 돈을 반쯤 갚았었던 모양입니다."

"한데?"

"그 이후가 좀 이상합니다."

"뭐가 이상하다는 건데? 뜸 들이지 말고 어서 이야기해 봐."

세영의 독촉에 이협이 설명을 이었다.

"그게 한 일 년 전부터 손님을 거의 안 받는답니다."

"거의?"

"한 명만 받았다더군요. 그를 제외하면 어떤 손님도 받지 않았다고… 버는 돈은 없는데 먹고, 입고, 쓰긴 하니 빚은 늘어 가는 거죠."

"씀씀이가 헤픈가?"

"헤프지 않아도 기방의 지출은 클 수밖에 없습니다. 써야 하는 화장품과 옷가지들이 정해져 있으니까요. 그리고 그것들은 상당히 고가이죠. 뭐, 손님들을 받아야 하는 기루 주인들의 입장에선 좋은 옷에 좋은 화장품을 쓰도록 강요할 수밖에 없으니까요."

"무슨 그런……."

솔직히 모두 이해가 가는 것은 아니었다. 하지만 지금은 그게 옳은지 그른지를 따지는 자리가 아니었다.

"그래서 그 손님이 누군데?"

"상인이랍니다. 본인은 대상이라고 큰소리를 쳤다는데 도화원의 말단 점원부터 주인까지 그가 별 볼 일 없는 장사치라는 걸 다 알고 있더군요."

어째 막야가 불상해지는 세영이었다.

"그 말만 대상인 놈의 이름도 아나?"

"야막이랍니다."

"야막?"

"예."

이협의 답에 세영은 입술을 비집고 나오는 웃음을 참느라 한참 고생을 해야만 했다.

'멍청한 놈. 기껏 생각해 낸다는 가명이 이름을 거꾸로 뒤집는 거라니…….'

"그런데 그 기녀를 산다는 놈은 또 누구고?"

"왕구라고… 개봉에서 다섯 손가락 안에 드는 재산가입죠."

왕구… 어디서 들어 본 이름이었다. 가만… 그 자식! 살막에 돈을 빌려 준 놈이었다.

"이런 빌어먹을!"

"예?"

"아, 아닐세. 그나저나 그 매향이란 기녀 좀 볼 수 없을까?"

"손님을 받지 않는 아이라서……."

"그러니 자네한테 부탁하는 거지. 그리고 손님으로 갈 생각도 없고."

"손님이 아니라시면……?"

"그냥 한 가지 묻고 싶은 게 있어서."

"단지 묻기만 하신단 말씀이십니까?"

"그래."

세영의 답에 잠시 생각해 보던 이협이 고개를 끄덕였다.

"그런 거라면 자리를 한번 마련해 보겠습니다."

"가능한 빨리."

"예, 오늘 저녁에 일을 만들어 보겠습니다."

"그래, 부탁하지."

세영의 말에 자리에서 일어선 이협이 서둘러 나갔다.

제36장
사랑과 돈

해가 지고 달이 뜬 저녁, 고관들과 거부들만 출입할 수 있다는 개봉 제일 기루 도화원에 세영이 들어섰다.

포교의 옷을 보고 인상을 찌푸리는 점원 녀석에게 이협의 이름을 대고서야 도화원 안으로 들어설 수 있었다.

"이쪽으로……."

말도 중간에서 잘려 나간다. 버르장머리라곤 눈곱만큼도 없는 어린 점원의 안내로 들어선 방은 휘황찬란했다.

"귀빈실인가?"

돈 걱정이 들었다.

이협의 가게도 아니니 돈을 내게 생길 수도 있었기 때문이다. 그런 세영을 아래위로 훑은 점원이 싸가지 없는 음

사랑과 돈 • 205

성을 토했다.

"일반실입니다. 저희 가게에서 가장 하급의 방입지요. 그리고… 돈은 안 받을 겁니다. 잠시 매향 누이만 만나고 가실 분이니 편의를 봐주라는 주인어른의 명이 계셨으니까요."

돈을 받지 않는다는 것은 마음에 들었는데, 어쩨 꼭 동냥 나온 거지 같은 기분이 들었다.

그 말만 던져 놓은 점원 놈은 찬바람만 남겨 두고 방을 나가 버렸다.

"저, 저 빌어먹을 자식!"

욕설을 내뱉긴 했는데 어쩨 오늘 빌어먹는 존재는 자신 같았다.

그게 못마땅했는지 세영은 또다시 투덜거렸다.

"에이!"

세영의 투덜거림이 가라앉을 무렵, 꽤나 고운 기녀가 들어섰다.

"매향이 대인을 뵈옵니다."

가뿐하게 절을 하는 모습이 고왔다. 연화의 흐드러지게 아름다운 모습에 비하자면 한참 떨어졌지만 나름 고운 자태가 예뻤다.

'가만, 여기서 연화가 왜 나와?'

스스로 생각해도 어이가 없었던지 고개를 내젓는 세영의 앞으로 매향이 다가와 앉았다.

"무슨 걱정이 있으십니까?"
"응?"
"고개를 저으시기에……?"
"아! 아니다. 그나저나 곱구나."
세영의 칭찬에 작게 웃은 매향이 고개를 조아렸다.
"감사합니다. 한데… 차도 내오지 않았습니까?"
"차는 무슨… 찬바람만 쌩쌩 불더라."
세영의 답에 매향이 희미하게 웃었다.
"덧없이 외형만 보는 곳이라 그러합니다. 잠시만……."
매향이 방 한쪽의 줄을 잡아당기자 양 갈래로 머리를 땋은 어린 소녀가 쪼르르 달려왔다.
"예, 언니."
"가서 차를 내오너라."
"무슨 차로 내올까요?"
소녀의 물음에 매향이 세영을 바라보았다.
"어떤 차를 좋아하십니까?"

'거기 찻값도 겁나게 비싸다더라. 어지간한 차 한 잔 값이 금자 한 냥이라던가?'

도화원에 대해 떠들던 황렬의 말이 떠오른 세영이 고개를 저었다.

"나, 난 괜찮다."

가뜩이나 살막에 보내 줄 돈도 모자란 입장에서 찻값으로 금자 한 냥씩이나 날리고 있을 여유 따윈 없었다.

그런 세영을 바라보며 슬며시 웃은 매향이 소녀에게 말했다.

"용정을 가져오너라. 특상으로."

"트, 특상으로요?"

놀라는 소녀에게 매향이 고개를 끄덕였다.

"그래, 그리고 값은 내게 달아 놓아라."

매향의 말에 무언가를 말하려던 소녀는 이내 한숨을 내쉬곤 물러갔다.

그렇게 소녀가 물러가자 세영이 물었다.

"저 녀석 표정을 보아하니 어마어마한 금액일 듯싶은데… 어찌 그런 것을 시켜 주는 거지?"

"아무래도 이곳을 떠날 때까지 제가 기다리는 분은 오시지 않을 듯싶고… 제 부탁 하나 들어주십사 하는 마음에서 드리는 차입니다."

"부탁?"

"예, 하문하실 일이 끝나시면 제가 대인께 서찰을 하나 맡길 것이옵니다."

"누구에게 가는 서찰이기에?"

"야막이란 상인분이십니다."

"그가 누구인데?"

"제 손님이시지요."

"하면 이곳 도화원에 맡기는 것이 더 안전한 게 아닌가?"

"그 서찰을 맡아 주지 않을 것입니다."

"어째서?"

"주인께서 사달이 벌어질까 걱정하실 테니까요."

매향의 말에 비로소 그녀의 말뜻을 알아들은 세영이 고개를 끄덕였다.

"그러지. 그 비싸다는 도화원의 용정차를 얻어먹는데 그것 하나 못해 줄까."

세영의 웃음이 말라 갈 즘 주문을 받았던 소녀가 찻상을 들였다. 순간 달짝지근하면서도 청량한 향이 방 안을 채웠다.

"호오~"

놀라는 세영의 찻잔에 매향이 찻물을 따랐다.

"드시지요."

매향의 말에 차를 마신 세영이 고개를 끄덕였다.

차라곤 몇 가지 먹어 보지도 못했고 잘 알지도 못하지만, 정말 최고란 말이 아깝지 않은 맛이었다. 탄성을 흘리며 찻잔을 내려놓는 세영을 바라보며 매향이 미소를 지었다.

"마음에 드십니까?"

"내가 여태 먹어 본 차 중에선 제일 좋은 거 같다."

"그렇다니 다행입니다."

부드럽게 짓는 매향의 미소가 마음을 가라앉히는 듯싶었다.

'특이한 여인이군.'

정말 그랬다. 여인의 미소가 사람의 마음을 이리 편하게 만들 수 있다는 것이 놀라웠다. 세영은 그런 매향에게서 시선을 거두며 짐짓 헛기침을 해 댔다.

"험, 허험! 내 네게 한 가지 묻고 싶은 것이 있어 보자 하였다."

"하문하시지요."

"넌 기녀에게도 한 남자만을 향한 마음이 있다고 생각하느냐?"

세영의 물음에 매향이 물었다.

"왜 그것을 제게 물으시는지 여쭈어도 되겠습니까?"

"네가 근자에 한 손님만 받았다 들었다. 그 결과 누군가에게 팔려 갈 신세가 되었다는 것도. 해서 묻는 것이다."

세영의 물음에 매향이 슬픈 미소를 그렸다.

"한 남자만을 향한 마음이라 물으셨는지요?"

"그래, 그리 물었다."

"기녀가 어찌 그런 마음을 품겠습니까? 그리 마음을 품는 것도 죄인 것입지요."

"응?"

다소 의외라는 표정의 세영에게 매향이 말을 이었다.

"누군가를 바라볼 자격도 없는 것이 기녀랍니다. 그런 여인이 누굴 바라보겠습니까?"

"하면 넌 왜 그간 한 손님만 받은 거지?"

"욕심이었습니다."

"욕심?"

"예, 그분만을 바라보고 싶은 욕심. 제 분에 넘치는 욕심을 부린 대가를 이제 치러야 하는 것입지요."

매향의 답에 세영은 머릿속이 조금 복잡해지는 느낌이었다.

"하나만 더 묻자."

"하문하시지요."

"넌 그가 왜 좋았느냐?"

"제가 좋다고 하였던가요?"

"좋아하지도 않는데 그리하지는 않을 게 아니냐?"

세영의 물음에 잠시 창밖을 바라본 매향이 고개를 끄덕였다.

"그랬나 봅니다. 제가 그분을 좋아했었군요. 전 그냥 제 욕심이라고만 생각했었는데……."

"무슨 소리지?"

"그분은 허풍이 강한 분이셨습니다. 서푼짜리 옷을 입고 와선 자신이 수천 냥을 물 쓰듯 쓸 수 있는 거상이라고 말하셨죠. 처음엔 어이가 없었습니다. 몇 푼 손에 쥔 돈을 덧없이 기루에 뿌리는, 그렇고 그런 멍청이라고 생각했었으니까요."

'멍청이인 건 맞지. 제대로 보긴 했네.'

세영의 생각을 아는지 모르는지 매향이 말을 이었다.

"그래도 그 허풍 속에 진심이 담겨 있었습니다. 어지간한 사람은 듣는 것만으로도 기가 질릴 돈으로 제 하룻밤을 사고선 손도 못 잡는 사람이었습니다. 함께 이불에 누워서 창가의 달을 보며 처음으로 어린 날의 이야기를 했습니다. 제 힘들었던 시절의 이야기를 처음으로 나눈 분이었지요. 그때부터였던 모양입니다, 제 마음속에 욕심이 들어섰던 것은……."

자분자분 말하는 매향의 눈엔 그리움이 가득했다. 그리고 그것은 진심이었다.

적어도 세영이 느끼기엔 그랬다.

'빌어먹을!'

"나 가마."

자리에서 일어서는 세영을 매향이 잡았다.

"잠시만… 여기 이 서찰을……."

품에 고이 간직했던 서찰을 꺼내는 매향에게 세영이 고개를 저어 보였다.

"그건, 네가 직접 전해 주거라. 아니, 네가 직접 말하는 것도 좋겠지."

 자신의 서찰을 뿌리치고 방을 나서는 세영을 매향이 당황한 음성으로 불렀다.

"대, 대인!"

 아련히 따라오는 음성을 뿌리치고 도화원을 나선 세영은 곧바로 모란각으로 향했다.

※　　※　　※

 기별도 없이 들이닥친 세영을 이협은 웃는 낯으로 맞았다.

"어찌… 만나는 보셨습니까?"

"그래."

"고운 아이지요."

"그렇더군."

"묻고자 하시는 건 물으셨습니까?"

"뭐, 대강은."

"그래서 답은 들으셨고요?"

"그래. 그래서 왔다."

"무슨… 말씀이신지?"

"그 아이, 내가 좀 사자."

"예?"

놀라는 이협의 눈에 경악이 가득 들어섰다.

잠시 후, 세영의 성화로 도화원을 다녀온 이협이 거론한 액수에 이번엔 세영의 눈에 경악이 들어섰다.
"뭐, 뭐가 그리 비싸!"
"제가 그랬지 않습니까? 이 개봉에서 다섯 손가락 안에 드는 인사가 부른 금액이라고요."
"이런! 아무리 그래도 그렇지."
당황하는 세영에게 이협이 조심스럽게 말했다.
"그러니 포기하십시오."
이협의 말에 갈등하던 세영은 그리움으로 가득한 매향의 눈을 떠올렸다.
그리고 힘없이 어깨를 늘어트리던 막야의 모습도.
"빌어먹을! 에이, 빌어먹을!"
"포기… 하시는 것입죠?"
이협의 물음에 세영이 전표를 꺼내 서탁 위에 놓았다.
탁-
"이천이다. 나머진… 좀 빌려 주라."
"대, 대인!"
당황하는 이협에게 세영이 말했다.
"내가 나중에라도 네 부탁 하나는 반드시 들어주마. 그러니 빌려 주라."

"대인……."

세영을 바라보는 이협의 눈에 갈등이 가득했다.

매향은 도화원의 주인으로부터 짐을 꾸리라는 명을 받았다.

"아직 날짜가 남아 있는 걸로 알았는데요?"

당황하는 매향에게 도화원의 총관이 고개를 저었다.

"나도 어찌 된 일인지 모르겠다. 주인께서 곧바로 널 보낼 것이니 짐을 싸게 하란 명을 내리셨다는 것밖에는."

총관의 말에 매향이 자리에서 일어섰다.

"달리 쌀 것도 없어요. 기녀가 가졌던 물건을 가져가는 것도 도리는 아닐 테니까요."

"그렇다고 그냥 몸뚱이만 들어가겠단 말이냐?"

"그만한 돈을 치른 분이 옷가지 하나 장만 못해 줄 리는 없겠지요."

"그야 그렇겠다만……."

걱정하는 총관에게 매향이 서찰을 내밀었다.

"총관님, 이걸 좀……."

매향이 내미는 서찰이 어떤 것인 줄 아는 총관은 매정하다싶을 정도로 단호하게 거절했다.

"큰일 날 일! 그런 걸 남겨 후환을 만들 필요가 무엇이라고. 그냥 버리거라."

"하지만 총관님……."

"그 서찰을 가져가는 것도 널 데려가는 분께 도리가 아니고, 그 서찰이 향하는 사람에게도 고통만 남기는 것이다. 그저 네가 배신했다고 믿는 것이 더 나을 수도 있는 법이야."

총관의 말에 매향의 눈에서 기어코 눈물이 흘렀다.

그런 매향을 총관과 다른 기녀들이 안타까운 시선으로 바라보았다.

막야는 투덜거리며 걸었다.

"하필 거길 게 뭐라고……."

도화원에 가서 자신이 사 놓은 것을 가지고 오라는 세영의 명에 막야는 펄쩍 뛰었었다.

절대로 못 간다고 버텨도 보았다. 주먹을 쥐어 보이는 세영에게 이를 악물고 반항도 했다.

하지만 취조실에다 늑대 끌고 오라고 고함을 치는 덴 두 손을 들 수밖에 없었다.

그렇게 나서는 막야에게 세영이 소리쳤었다.

'네 이름으로 사 놓았으니까. 네 이름을 대면된다. 막야 말이다. 막야.'

'하필 막야라니…….'

구시렁거리며 도화원 앞에 당도한 막야는 망설였다.

이걸 어찌 설명해야 하는지, 뭐라 말해야 하는지 당황스러웠기 때문이다.

그런 막야를 점원이 발견하고 다가왔다.

"이런, 야막 대인이 아니십니까?"

웃는 낯으로 다가선 점원에게 막야가 어설프게 웃었다.

"아하, 아하하, 그, 그간 잘 지냈나?"

"야막 대인께서 안 찾아 주시는데 어찌 편할 수 있겠습니까? 안으로 드시지요."

"아, 아니야. 오늘은 놀러 온 것이 아니라… 뭘 좀 찾으러 왔네."

"무엇을 말씀이십니까?"

고개를 갸웃거리는 점원에게 막야가 주저거리며 말했다.

"마, 막야란 이름으로 사 놓은 것을 찾으러 왔다고 총관에게 좀 전해 주겠는가?"

"총관께요?"

"그, 그래."

"한데… 막야… 입니까?"

"그래, 험험! 그, 그게 내 본명일세."

막야의 말에 점원이 손뼉을 치며 호들갑을 떨었다.

"이런! 그러셨습니까? 어쩐지 야막, 막야… 하하하! 이제 알겠습니다. 잠시만 기다리십시오. 곧 총관께… 어! 저기 총관께서 나오시는군요."

 점원의 말대로 밖으로 나오던 총관의 표정이 굳었다.

'하필 이런 날.'

 당황한 총관에게 점원이 재빨리 다가왔다.

"총관님, 야막 대인께서 오셨습니다."

 점원의 호들갑에 잠시 눈살을 찌푸린 총관이 표정을 고치고 막야에게 다가섰다.

"오셨습니까?"

"흠흠, 그래, 오랜만일세."

"예, 대인. 하온데 아직 영업 시작 전입니다만……."

"내 오늘은 놀러 온 것이 아니라……."

 막야의 말을 점원이 잘라먹었다.

"사 놓은 것을 가지러 오셨답니다."

"사 놓은 거?"

 총관이 고개를 갸웃거리는 가운데 점원의 수다가 이어졌다.

"글쎄 야막 대인의 본명이 막야랍니다. 야막, 막야. 하하하! 앞과 뒤만 바뀐 거지요. 총관님도 놀라셨지요?"

 점원의 말대로 총관은 놀란 표정이 역력했다.

 그럴 수밖에 없는 것이 방금 전 도화원주를 만나고 나온 총관으로서는 매향을 사들인 자가 개봉의 거부인 왕구가 아니라 이름도 생소한 막야란 자임을 알았기 때문이다.

한데 그 막야가 알고 보니 야막이란 자였다니, 어찌 아니 놀랄까.

"저, 정말입니까? 야 대인."

"아하하… 내, 피치 못할 사정으로 본명을 좀 숨기느라……."

"이런! 그랬군요, 그랬어. 이런 기쁜 일이! 예서 잠시만 기다리십시오. 내 얼른 들어가서 데리고 나올 테니 말입니다."

환하게 미소 지은 총관이 부리나케 안으로 달려 들어갔다. 그리고 잠시 후.

"대, 대인!"

달려오는 매향을 안아 든 막야가 놀란 음성을 토했다.

"매, 매향아!"

"아! 당신일 줄 몰랐어요. 날, 날 거둔 사람이 당신이리라곤……."

평평 우는 매향을 안고 어쩔 줄 몰라 하는 막야에게 총관이 축하의 말을 건넸다.

"대단하십니다, 야 대인… 아니, 막 대인. 자그마치 금자 칠천 냥을 내고 데려가시다니요. 이거 제가 진짜 대상을 몰라뵈었던 모양입니다."

연신 포권을 취해 보이는 총관과 자신에게 안겨 하염없이 우는 매향을 번갈아 바라보던 막야의 머리를 치고 지나

사랑과 돈 • 219

가는 말이 있었다.

'너… 앞으로 나한테 정말 잘해야 돼, 이 자식아!'

도화원으로 떠나던 자신에게 난데없이 건넸던 세영의 말 뜻을 이제야 알 수 있을 것 같았다.

매향을 부둥켜안는 막야의 뺨 위로 두 줄기 눈물이 흘러내렸다.

먼발치에서 그런 두 사람을 바라보고 있던 이협의 표정에 예상외란 표정이 떠올랐다.

❀   ❀   ❀

세영은 좌포청의 수장인 포령, 수부타이와 마주 앉아 있었다.

"죄송합니다."
"뭐가 말인가?"
"그게… 돈이 좀 생겼는데……."
"생겼는데?"
"제가 필요한 곳이 있어서… 다 썼습니다."

세영의 말에 수부타이가 허허롭게 웃었다.

이렇게 와서 말할 정도면 별 볼 일 없는 액수일 것이다. 그러니 이번엔 대범하게 보여야 했다.

그간 적지 않은 돈을 상납한 세영이 상대였으니 말이다.

"뭐, 그럴 수도 있지. 괘념치 말게."

"저, 정말 괜찮겠습니까?"

"그럼, 자네가 쓸 곳이 있었다 하니 내 이해를 해야지."

"하면 포장께는 무어라……."

"내 시간을 내어 사정을 말씀드리고 이해를 얻어 보겠네. 하니 걱정 말게."

"감사합니다! 감사합니다, 포령."

거듭 고개를 숙이는 세영을 바라보며 웃던 포령이 물었다.

"한데 도대체 얼마길래 자네가 이리 와서 이야기까지 하는가?"

"이, 이천 냥이었습니다."

순간 수부타이의 얼굴이 굳었다.

"이, 이천 냥!"

"예, 그래도 이렇게 이해를 해 주시고, 포장께도 양해를 구해 주신다니. 좀 더 분발해서 은혜를 갚겠습니다."

분발해서 은혜를 갚는다. 그 말인 즉슨… 돈이 더 들어올 거란 소리다.

"아하, 아하하, 아하하하. 그, 그럼! 이해하지, 이해하고 말고."

입은 웃고, 눈은 웃지 못하는 수부타이의 노력이 가상했다.

포령의 집무실에서 물러나온 세영을 막야가 기다리고 있었다.
"또 왜?"
"감사합니다, 대인."
갑자기 무릎을 꿇고 앉는 막야를 바라보며 세영이 퉁명을 떨었다.
"안 어울리게 무슨… 잘 살아. 잘 살면 다 되는 거다."
"감사합니다, 대인. 감사합니다."
세영은 처음으로 막야의 눈물을 보았다. 조금은 남우세스럽긴 했지만 기분은 나쁘지 않았다.
"자식, 복 많더라."
"예?"
눈물을 훔치며 묻는 막야에게 세영이 답했다.
"곱더란 말이다."
"아하, 아하하하!"
눈물 자국을 달고 겸연쩍게 웃는 막야의 모습에 세영이 피식 미소 지었다.
"가. 기다릴라."
"예, 대인. 하면 소인은 이만……."
창문을 통해 사라지는 막야를 바라보던 세영이 괜스레 뺨을 긁적였다. 그런 그의 뇌리로 배시시 웃던 연화의 얼굴이 스쳐 지나가고 있었다.

들어서는 세영을 이협이 맞았다.
"자주 오시는군요."
"왜, 오지 말까?"
투덜거리는 세영에게 이협이 미소 지었다.
"무슨 그런 말씀을… 안으로 드시지요."
세영을 귀빈실로 안내한 이협이 오늘따라 유난히 빙글 거렸다.
"왜?"
"즐거워서요."
"뭐가 그리 즐거운데?"
"새로운 것을 발견한 즐거움이랄까? 그런 것입죠."
"뭐, 새로 기녀라도 들였나?"
"그보다 좋은 일이었습지요."
즉답을 회피하는 이협을 잠시 바라보다 세영이 고개를 저었다. 남의 일에 깊이 관심을 갖는 일, 오늘은 귀찮았으니까.
"술이나 좀 주라."
"어째 돈은 안 치르신다는 말씀 같으십니다."
예전, 아니 넉 달 전만 해도 무슨 소리냐고 펄쩍 뛰었을 것이다. 하지만…

"나한테 돈 받아먹으면 좋겠냐?"

"무슨 그런 말씀을… 알겠습니다. 상을 올리지요."

자리에서 일어서는 이협에게 세영이 은근슬쩍 물었다.

"그 아인 잘 있나?"

"누구… 말씀이신지?"

"왜, 술 버려서 매상 올리는 애 말이야."

세영의 답에 이협이 작게 미소 지었다.

"아! 연화 말씀이로군요?"

"그래, 그 아이."

"잘 있습죠."

불러 주냐는 물음이 안 나온다. 결국 목마른 놈이 우물을 파는 법이다.

"좀… 불러 줄래?"

세영의 말에 이협이 곤란한 표정을 지었다.

"그게… 다른 손님 방에 들어간 터라……."

이협의 말에 세영의 표정이 싸늘하게 굳었다.

"다른 이의 방?"

"예, 대인."

기녀다. 기녀이니 다른 이의 방에 들어갈 수도 있다. 매향이처럼 자신만 기다리며 갖은 고초를 감당할 이유가 그녀에겐 없었으니까. 정나미가 떨어졌다. 기방이라는 거, 기녀라는 것들에 대해서.

벌떡 자리에서 일어서는 세영을 이협이 놀란 표정으로 바라보았다.

"서, 설마 다른 손님의 방으로 가실 것은……."

"나 간다."

그 말만 남겨 놓은 세영이 휑하니 방을 나가 버렸다.

그렇게 모란각을 벗어나는 세영을 이협이 묘한 시선으로 바라보았다.

모란각 3층에 마련된 또 다른 귀빈실.

"이제 돌아왔으면 좋겠네만."

막주의 말에 연화, 살막에선 3호 또는 기 낭자라 불리는 여인이 고개를 저었다.

"아직은… 조금 더 있겠어요."

"대충 이유를 짐작하긴 하지만 흔들릴 것 같지 않으니 하는 말이네. 아니, 흔들리면 더 문제가 되겠지."

막주의 말에 기 낭자가 고개를 끄덕였다.

"그것도… 알아요."

"한데도 버티겠다는 소린가?"

"제게 시간을 줘요. 부탁드려요, 막주."

연화의 말에 살막주가 답답한 표정을 지었다.

"허허, 이거 참……."

제37장
철가방(鐵家幇)의 도발

고래로 하남은 태산북두인 소림이 자리를 잡은 연후, 정파의 안방이었다.

거기다 강호 협객들의 대변자라 불리는 개방이 개봉에 들어서고, 백도맹까지 낙양에 기틀을 잡자 하남은 명실상부한 정파의 중심지가 되었다.

그 하남에 마도가 들어선 것은 송이 무너지고 금이 들어서면서부터였다.

자신들의 안방을 파고든 마도의 문파들을 향해 정파가 칼을 휘두를 수 없는 분위기가 연출된 탓이었다.

그렇게 정파가 금의 눈치를 보는 가운데 마도의 문파들이 속속 하남에 자리를 잡았다.

개봉의 천강문이 그랬고, 당하의 거산문이 그랬다. 그중에서도 가장 골치는 누가 뭐라 해도 남소에 자리를 잡은 철가방이었다.

 땅, 땅, 땅, 땅, 땅.

 규칙적인 망치 소리가 퍼져 나온다.

 근처로만 가도 뜨거운 기운이 확 번져 나와 일반인이라면 겨울에조차 가깝게 다가가지 못한다.

 보는 것만으로도 기가 질릴 만큼 커다란 화로를 가운데 두고 수십의 장정들이 분주히 움직였다.

 쇠를 두드리는 사람, 풀무를 밟는 사람, 쇳물을 옮기는 이. 중원 대장간의 중심이라는 철가방의 공방은 그렇게 정신없이 돌아갔다.

 그 공방의 뒤편, 도저히 대장간의 뒤라고는 생각할 수 없을 만큼 아름다운 모습이 펼쳐졌다.

 천하명산이라는 곤륜산을 본 따 만들었다는 가산의 끝은 비단잉어가 노니는 연못이 채웠고, 그 위로 아름다운 정자가 모습을 드러냈다.

 그 정자에 거친 풍모의 사내 여섯이 모여 심각한 대화를 나누고 있었다.

 "이 명을 어찌하실 것입니까?"

 좌야장(左冶匠)이라 불리는 사내의 물음에 상석에 앉은 초로의 사내가 침음을 흘렸다.

"흠… 마련의 명이라……."

상석의 초로인이 갈등하는 듯 보이자 좌야장이 재빨리 반대 의견을 개진하고 나섰다.

"그래도 관부입니다. 아무리 마도의 명예가 실추되었다고는 하나 관부를 치다니요. 자칫 몽고에 빌미를 제공할 수도 있습니다."

한족의 나라가 아닌 탓에 한족이 세운 무문들을 곱지 않은 시선으로 본다. 그건 이전의 금이나 지금의 몽고나 다르지 않았다.

그런 의심의 눈초리 속에서 무사히 살아남는 방법은 오로지 하나, 복지부동이었다. 문제는 지금 마련이 그 복지부동을 깨란 명을 내려 보냈다는 것이었다.

좌야장의 말이 끝나기 무섭게 전야장(前冶匠)의 이름을 부여받은 장한이 입을 열었다.

"포교 하나가 관부 전체가 될 수는 없는 게 아닙니까?"

"포교가 죽임을 당하면 관부가 나서지 않을 거 같은가?"

"나서기야 하겠지만 굳이 척을 지려 들까요? 이래저래 우리가 관과 각을 세우고 싶어 하지 않는 만큼 그들도 강호를 건드리고 싶어 하지 않을 터인데요."

틀린 말은 아니다.

곱게 보지 않으면서도 그냥 두는 것은 굳이 건드려 화를 입을 필요가 없다고 판단한 까닭이다. 그러니 한족의 나라만큼은 아니어도 적당히 오월동주 정도는 되는 셈이었다.

"아무리 그렇다고는 하나……."

좌야장의 음성은 상석에 앉은 초로인의 손짓에 의해 끊어졌다.

"반대도 찬성도 다 이유가 있고, 틀린 소리는 아니다. 중요한 것은 우리가 마련의 명을 받아들일 것인가, 거부할 것인가 뿐이다."

"작금의 혼란기에 마련을 벗어난다는 것은… 불가능합니다."

철가방에서 중야장(中冶匠)이라 불리는 사내의 답에 다른 장한들도 고개를 끄덕여 동의를 표했다. 그들의 의견에 상석의 초로인이 말했다.

"하면 답은 나온 셈이로군. 누굴 보내면 되겠나?"

"뇌마가 당하고, 굉마가 수하로 들어앉았다 하였으니 일반 제자로는 어림도 없는 일이 아니겠습니까?"

전야장의 말에 중야장이 고개를 끄덕였다.

"최악의 경우 놈과 굉마의 협공을 받을 수도 있음입니다."

그 말은 백대고수를 누른 놈과 백대고수의 협공을 받을 수 있다는 소리였다.

"백대고수 둘을 상대해야 한다는 소리로군."

초로인의 시선이 좌야장과 우야장(右冶匠), 두 사람에게 향했다. 철가방에서 백대고수에 이름을 올린 사람은 그 둘이 다였기 때문이다.

 문제는 그들을 내보내 봐야 동수, 이쪽이 유리하지 않다는 것이었다.

"칠성철기(七星鐵騎)를 동행하겠습니다."

 좌야장의 말에 중인들의 시선이 상석의 초로인에게 몰렸다. 그도 그럴 것이 칠성철기는 철가방의 최고 전투 집단이다. 일곱뿐이라지만 그들은 도검이 통하지 않는 갑옷을 입었다.

 막말로 철가방 유일의 백대고수인 좌야장과 우야장이 동시에 들이쳐도 상대하기 버거운 이들이 바로 그들인 것이다.

 둘이 싸우면 칠성철기 쪽이 미세하게 우세할 정도. 다시 말해 좌야장과 우야장에 칠성철기를 올리면 백대고수 넷이 움직이는 결과였다.

 턱-

 정자 가운데로 '철가'라 쓰인 쇠도장이 던져졌다.

"철가인(鐵家印)의 권위로 좌야장과 우야장, 그리고 칠성철기의 출병을 명한다."

 상석의 초로인, 철주(鐵主)의 명에 좌우로 늘어선 다섯 장한이 허리를 굽혔다.

"철가오장(鐵家五匠)이 철가인의 명을 받습니다."

그날, 9명의 사내가 말을 타고 남소를 떠났다.

❈ ❈ ❈

세영은 평소와 다름없는 날들을 보내고 있었다. 포쾌와 정용들을 훈시하고, 순찰조를 짜서 개봉 시내로 내보내고, 올라온 서류를 분류하여 포령에게 올리고 나서 숨을 돌리면 어느새 점심시간이었다.

좌포청으로 돌아온 순찰조들과 점심을 먹고 나면 또다시 기다리는 건 서류 더미였다.

"제길, 팔자에도 없는 글쟁이 노릇이라니."

문장을 지어 올리는 것은 아니었으나 행정 업무를 담당하다 보니 밖으로 돌아다닐 일이 거의 없었다.

그렇게 좌포청 안에 매인 것이 답답했다. 그렇다고 떠넘길 사람도 없다. 포두는 아예 공석이고, 포교도 딸랑 세영 하나 남은 까닭이었다.

포령의 집무실로 행정 서류를 들고 들어선 세영이 불만을 표출했다.

"증원 안 받습니까?"

"증원?"

"포두나 포교 자리가 너무 오래 비어 있어서요."

세영의 푸념에 수부타이가 빙긋이 웃었다.

"왜? 행정 서류에 파묻혀 있자니 답답한가?"

"아주 죽을 지경입니다. 밖으로 나가 본 게 벌써 열흘 전입니다."

"흠… 하긴 자네와 내가 여럿이 나누던 일을 다 떠안고 있으니……. 그래도 어쩌겠는가? 오겠다는 이들이 없는 것을."

"강제로 배속시키는 방법은 없는 겁니까?"

"무관들의 수가 너무 적음이야. 지금 카라코룸에서 전투가 한창이지 않은가. 그 여파니 어쩔 수 없는 것이지."

"꼭 무관이어야만 포교나 포두가 되는 것입니까?"

"그야 당연하지. 포두와 포교의 일을 일개 병졸에게 맡길 순 없질 않나."

"그럼 포쾌를 승진시킬 순 없는 것이로군요?"

"그렇지. 포청의 인사권을 가진 포장도 포쾌나 정용에 대해서만 전권을 부여받은 것이지, 그 위로 올라가면 개평의 어사대에서 관리하니 능력 밖이라 볼 수밖에."

포령의 답에 세영은 축 늘어진 어깨로 돌아 나올 수밖에 없었다.

그런 세영을 본 황렬이 퉁명을 떨었다.

"왜 또 오뉴월 개새끼처럼 늘어진 거야?"

"그게 포쾌가 포교한테 할 말투냐?"

"지랄을 떨어라. 그놈의 직급 타령은… 그나저나 정말 왜 그래?"

황렬의 물음에 세영이 답했다.

"힘들어서 그런다."

"뭐가 힘든데? 이 형님이 좀 도와주랴?"

황렬의 말에 세영의 눈이 반짝였다.

"그, 그럴래? 하긴 돕는 거야 누가 뭐라겠어. 그치?"

"뭔 소린지… 여하간 말해 봐. 무슨 일이야? 어디 말귀 못 알아듣는 애새끼들이라도 생겼냐? 형님이 나가서 아주 갈아엎어 놓고 올 테니 말해 봐. 누구야?"

"그런 놈이 있었으면 좋겠다만… 불행히도 아직은 없다."

"그럼 뭐가 문젠데?"

"서류 정리. 책상에 이만큼 쌓인 서류가 아주 날 압사시키려고 하는 중이다. 그러니 네가 나 좀 도와… 야! 어디 가?"

어찌나 빨리 움직였는지 세영의 부름을 못들은 척 이미 황렬은 좌포청 문을 나서고 보이지 않았다.

"빌어먹을 자식!"

세영의 투덜거림이 좌포청 마당을 채웠다.

집무실에 들어앉아 다시금 서류에 파묻혀 있던 세영을 기륭이 황급히 찾았다.

"포, 포교님!"

"왜?"

"사, 사고가 났습니다."

"무슨 사고?"

"화, 황 포쾌가… 황 포쾌가……."

좌포청에서 황씨 성을 쓰는 놈은 하나뿐이다. 대번에 인상을 긁은 세영이 물었다.

"왜? 그자식이 또 흑도 애들 집합시켰냐?"

"그, 그게 아니라… 웬 놈들하고 싸움이 붙었는데……."

"지랄 맞은 놈. 성질 좀 죽이라니까. 상대가 많이 상했더냐?"

"그, 그게 아니라… 화, 황 포교가 바, 박살이 나서……."

뒷말은 더 이어지지 않았다.

언제 튀어 나간 것인지 세영의 모습이 집무실에 남아 있지 않았기 때문이다.

그렇다고 책상 밑을 찾는 따위의 실수는 저지르지 않는다. 대충 어디로 간 것인지 감은 잡히니까.

허둥지둥 서두르는 기룡이 황 포쾌가 당한 곳으로 달렸다.

❈   ❈   ❈

철가방의 좌, 우야장과 칠성철기가 개봉에 들어선 것은 점심나절이 막 지나간 시점이었다.

그들이 포쾌 복장을 한 굉마와 마주친 것은 객잔을 잡기 위해 유곽 길로 들어서던 중이었다.

"괴, 굉마입니다."

칠성철기의 수장인 탐랑(貪狼)의 말에 좌야장의 시선이 건들거리며 걸어오는 거구의 포쾌에게 향했다.

"혼자로군."

"우리에겐 절호의 기회가 아니겠습니까?"

탐랑의 말에 좌야장이 걱정의 말을 건넸다.

"하나 아직 칠성철기는 무장을 갖추지도 않았지 않나?"

칠성철기는 그 이름에서 알 수 있듯이 모두 철기다. 사람과 말이 빈틈없이 철갑주로 싸인 철기.

그런 모습으로 도시에 들어올 순 없다. 관군이 통행을 허락할 리 없으니 말이다.

그 탓에 칠성철기의 갑주는 모두 짐에 넣어 말에 매어 둔 상태였다.

"무장을 갖추진 않았다 하나 보조엔 무리가 없을 것입니다. 두 분이 앞서시면 속하들이 뒤를 받치겠습니다."

탐랑의 말에 우야장도 같은 생각인지 고개를 끄덕여 보였다. 그에 일행의 지휘를 맡은 좌야장이 명을 내렸다.

"그렇다면… 신속히 치고 빠진다. 쳐라!"

좌야장의 명이 떨어지는 순간, 칠성철기가 외곽을 둘러쌌다. 그리고 그 안으로 어느새 말안장을 차고 날아오른 좌야장과 우야장이 떨어져 내렸다.

"웬 놈들이냐?"

황렬이 각을 세우고 사납게 외쳤지만 상대의 반응은 차고 무거웠다.

"긴말 필요 없다!"

웅-

벌 떼 우는 소리가 들리고 무서운 경력이 몰아닥쳤다.

부웅-

황급히 보법으로 비켜 낸 권풍이 코앞을 스쳐 지나간다. 어찌나 사납던지 그저 스쳐 지나가는 것에 지나지 않은 경력에도 코끝이 아릴 정도다.

오는 게 있으면 가는 게 있는 법이다. 무겁게 말아 쥔 주먹이 허공을 갈랐다.

부앙-

공기가 무너지고, 바람이 미친 듯이 따라붙었다.

선공을 가한 우야장을 향한 황렬의 권격을 좌야장이 후려쳤다.

쾅-

비켜난 권격이 바닥을 치고 땅을 팠다.

"이런!"

아쉬워 발만 구를 수 없다. 어느새 우측으로 바짝 다가선 우야장의 공세가 옆구리를 파고들었다.

황렬의 몸이 뒤틀리고 오른쪽으로 호신강기를 씌운 팔뚝이 세워졌다.

쾅-

벽력탄 터지는 소리가 들리고 반 장가량을 미끄러지는 황렬의 좌우로 일곱 줄기의 경력이 날아들었다.

앞의 두 공격과는 차이가 지지만 감히 무시할 수 있을 정도의 공격도 아니었다.

팔뚝에 몰아넣었던 내력을 풀어 좌우로 돌렸다.

파바바바바방팡-

정확히 일곱 번의 파공성이 호신강기에 맞아 흩어졌다. 문제는 그 사이를 좌야장의 주먹이 송곳처럼 파고들었다는 것이다.

꿍-

부지불식간에 들어 막은 오른손에서 묵직한 충격음이 터져 나왔다.

"흐음……."

손바닥이 벌겋게 붓고, 퍼렇게 멍든 부위가 솟아올랐다. 뼈가 상하고, 힘줄이 끊어진 것이다.

부상당한 오른손을 돌볼 여력도 없이 우측에서 또다시 공격이 들어왔다. 오른손은 당장 쓸 수 없다. 그러니 움직이려면 왼손뿐이다.

이동하는 왼손의 궤적을 따라 일곱 줄기의 경력이 다시

날아들었다.

'파리 같은 새끼들!'

저들 일곱뿐이었다면 정말 날파리처럼 눌러 죽일 수 있었다.

하지만 지금은 아니다. 자신과 비교해도 결코 뒤지지 않는 이들 둘의 조공으로는 차고 넘치는 파괴력을 가졌다.

오른쪽으로 파고드는 공격도 무섭지만 당장 코앞인 일곱 줄기의 경력도 무시할 수 없었다. 황렬은 왼손을 말아 쥐고 굉천신권의 일 초를 펼쳤다.

우궁쿵-

묘한 소리를 내며 일곱 경력을 잡아먹은 굉천신권이 오른쪽으로 날아드는 권격을 비스듬히 쳐 냈다.

하지만 힘이 달렸다. 굉천신권을 뚫고 빠져나간 권격이 오른쪽 옆구리를 후려쳤다.

퍽-

옆으로 휘어지는 황렬의 곁으로 우야장이 바짝 다가서며 이 권을 내질렀다. 부상에도 불구하고 황렬의 우장이 마주쳐 나갔다.

쿵-

묵직한 충격음을 뒤로하고 양쪽이 물러섰다.

하지만 충격은 황렬 쪽이 컸다. 부상을 입었던 오른손이 이젠 제대로 들고 있기도 힘들 정도로 망가졌다.

그런 황렬에게 일곱 경력이 다시 날아들었다.

"개새끼들!"

욕설이 터져 나왔고, 황렬의 신형이 무섭게 회전하며 일곱 경력을 부서트렸다.

하지만 좌와 우, 양쪽에서 짓쳐 든 권격 2개는 황렬의 회전력을 뛰어넘는 것이었다.

콰광-

"쿨럭!"

기침과 함께 피가 쏟아졌다. 내장이 상했던지 붉은 살점까지 보였다.

비척-

빠져나가는 내력이 다리의 힘까지 빼놓은 모양이다. 뒤로 물러서는 황렬의 다리가 휘청거렸다.

그런 황렬을 일곱 경력이 악착같이 따라붙었다.

멀쩡할 때라면 무시할 수 있을 경력이었지만 지금이라면… 명줄을 끊어 놓기에 부족하지 않았다.

사납게 달려드는 일곱 경력을 바라보며 황렬이 이를 악물었다. 그 순간 초련의 얼굴이 지나가는 게 서럽다는 생각이 들었다.

'미안해.'

마음이 풀어져서일까? 사력을 다해 끌어 올렸던 내력도 힘없이 놓아 보냈다.

무방비 상태가 된 황렬에게 일곱 경력이 쏟아졌다.

펑-

허공에서 경력이 소멸했다.

가벼운 발길질 한 번으로 7개의 경력을 깨부순 세영의 신형이 황렬 앞에 내려섰다.

"쪽팔린 줄 알아. 포쾌가 양아치들한테 쥐어 맞기나 하고."

세영의 말에 황렬의 입가에 피식, 미소가 그려졌다.

"올 거면 좀 일찍 오든가."

"살려 놨더니 하는 말 하고는."

세영의 핀잔에 털썩 주저앉은 황렬이 말했다.

"조심해. 저 둘… 내 아래가 아니야."

황렬의 말에 세영의 표정이 굳었다. 경험상 황렬은 세영과 엇비슷한 실력을 가졌다.

그런 황렬과 비슷한 놈 둘이라면… 필패였다.

눈살을 찌푸린 세영이 허리춤에 매어 둔 검에 손을 얹었다.

"조용히 돌아가면 이번만은 봐준다."

세영의 말을 좌야장이 받아쳤다.

"반항을 접으면 곱게 죽여 준다."

"빌어먹을 자식들!"

욕지거리를 내뱉은 세영의 손가락이 묘하게 벌어졌다.

순간 7개의 경력이 날아들었다. 그와 함께 우측에서 우야장의 군격이 무서운 속도로 짓쳐 들었다. 그리고 좌측에 선 좌야장의 주먹이 천천히 당겨졌다.

시간차 공격이다. 1차 7개의 경력, 2차 우야장, 3차 좌야장의 공격.

첫 번째가 주의 분산용이라면 두 번쨴 충격을 주어 호신강기를 흩뜨릴 것이다. 그 안으로 파고든 세 번째 공격은 끝장을 낼 것이고.

무서울 정도로 조밀하게 짜인 공격이었다. 상대의 반응이 일반적이었다면 말이다.

쒜에에에엑―

직선을 그려야 할 유성이 꼬리를 길게 끌며 호선을 그렸다. 그리고 그 호선 안에 갇힌 일곱 경력이 깨끗하게 잘려 나갔다. 호선은 그것에서 멈추지 않았다. 이제 막 시작하던 우야장의 권격도 꿰뚫리고, 아직 준비도 제대로 갖춰지지 않은 좌야장의 권까지 부수고 지나갔다.

"커헉!"
"큭."
"쿨럭―"
"크읍!"
"흠……."

여기저기에서 비명과 신음이 터져 나왔다.

날아올랐던 칠성철기 일곱이 가슴을 부여잡고 땅바닥에 처박혔고, 우야장은 피범벅이 된 주먹을 감싸 안고 물러섰다. 그나마 주먹에 길게 상흔을 입은 좌야장의 부상이 가장 적은 편이었다.

촤르릉-

바람을 가르며 상단으로 선 검날이 시퍼렇게 이빨을 드러냈다.

"피 보는 거 별로지만… 원한다면 물러설 생각은 없어."

'주먹이 강하다 하나 칼을 당할 순 없지. 주먹으로 칼을 이길 수 있었다면 굳이 칼을 만들 이유도 없고. 투예가 하나라면 검예는 둘이고 셋이다. 갈고 닦으면 막히는 것이 없을 게다.'

검예를 처음 전수하던 날 사부가 세영에게 남긴 이야기였다. 그만큼 가람검의 검예는 파괴적이고 사나웠다. 흔히 권법, 각법이라 부르는 투예는 이름을 내밀 수조차 없을 정도로.

단지 검 하나 뽑아 들었을 뿐인데 기도가 변했다. 아까는 흐르는 물이었다면, 이젠 모든 걸 부서트릴 만한 힘을 가진 거센 파도였다.

아직 일어서지도 못하는 칠성철기와 피투성이가 된 손을 부여잡고 물러선 우야장을 살핀 좌야장이 손을 펼쳐 내밀었다.

"자, 잠깐."

"왜?"

"아, 아직 물러설 기회는 있는 건가?"

불만의 표정으로 고개를 젓는 황렬을 돌아본 세영이 답했다.

"대가를 내놓는다면?"

세영의 말에 좌야장은 망설이다 수도를 만들어 자신의 왼팔을 내리쳤다.

턱-

수도는 왼팔의 지척에서 육모방망이에 가로막혔다. 어느새 지근거리로 다가선 세영의 숨결이 얼굴에 와 닿았다.

놀라는 좌야장에게 세영이 못마땅한 음성을 토했다.

"네 왼팔을 팔면 돈이 되나?"

"무슨······?"

"봐, 치료를 많이 받아야겠지?"

여전히 일어날 생각도 못하고 있는 황렬을 가리키는 세영의 물음에 좌야장은 자신도 모르게 고개를 끄덕였다.

"대, 대강은······."

"그러니 치료비 내놔."

그 말에 좌야장의 얼굴 위로 어이없는 표정이 가득 번졌다.

세영은 자기 손에 들린 종이를 바라보며 불신의 표정을 지어 보였다.

"이거, 믿을 수 있을까?"

"못 믿겠으면 안 보냈으면 되지!"

불퉁거리는 황렬에게 세영이 어깨를 으쓱여 보였다.

"그러면 또 돈 든다. 저것들 치료비는 거저 생기냐? 다 좌포청 예산에서 나오는데 이젠 그렇게 쓸 돈도 얼마 없더라."

예전 같으면 그런 거 신경도 안 썼을 것이다. 하지만 어쩌다 좌포청의 행정 업무를 모조리 떠안다 보니 예산이며 지출 같은 것을 신경 쓸 수밖에 없게 되었던 것이다.

"빌어먹을 놈!"

황렬의 투덜거림을 살짝 지르밟으며 내려다보는 종이엔 금자 1천 냥짜리 지불 각서가 적혀 있었다.

"철가방이라……."

맨 처음에 각서인에 쓰인 것은 양후란 이름이었다. 소속도 없는 놈을 어찌 믿겠냐는 세영의 항의에 그다음에 적힌 이름이 바로 철가방이었다.

"돈은 좀 있는 놈들이냐?"

세영의 물음에 황렬이 버럭 성질을 부렸다.

"돈 생각 그만하고 의원에나 좀 데려다 줘, 이 자식아!"

황렬의 고함에 세영이 각서를 품에 갈무리하며 어깨를

들이밀었다.

"잔뜩 깨진 자식이 큰소리는……."

자신의 거구를 가뿐히 부축해 올리는 세영을 내려다본 황렬의 눈빛이 반짝였다.

"너… 세더라."

자신을 부축해서 걸음을 옮기는 세영에게 황렬이 한 말이었다.

그 말에 세영이 피식 웃었다.

"칼 뽑아서 그래. 이걸론 비슷하지. 경험해 봤잖아?"

주먹을 들어 보이는 세영에게 황렬이 물었다.

"그 좋은 실력 두고 왜 주먹질인데?"

황렬의 물음에 세영이 작게 웃었다.

"연장 드는 새끼가 가장 치사하다더라."

"누가?"

"아버지가."

세영의 답에 황렬은 이 엉뚱한 녀석의 부친이 누구인지 정말 보고 싶었다.

부상당한 황렬을 의원에 데려다 놓고 그 소식을 전하자 사색이 된 초련이 의원으로 달려갔다.

그 모습을 바라보는 세영의 눈빛이 깊었다.

철가방은 깊은 침묵에 휩싸였다.

  철가방 유일의 백대고수 둘에 최고의 전투 집단인 칠성철기를 투입하고도 실패했기 때문이다. 물론 변명거리는 있었다. 칠성철기가 무장을 하지 않았었던 것이다.

  하지만 반대의 경우도 존재했다.

  놈은 굉마가 무너지고 나서 나타나 홀로 좌야장과 우야장, 그리고 칠성철기를 모조리 꺾었다.

  피 칠갑을 한 채 돌아온 이들의 말을 빌리자면 놈이 마음만 먹었다면 철가방은 시신만 돌려받았을 것이라 했다.

  그것이 더 신경이 쓰였다.

  치료를 위해 우야장이 자리를 비운 정자에 다섯 사내가 둘러앉았다.

  "하면… 패배를 인정해야 한단 말인가?"

  철주의 물음에 좌야장이 고개를 조아렸다.

  "면목이 없습니다."

  그런 좌야장을 지그시 바라보던 중야장이 입을 열었다.

  "우리 철가방 최고의 고수들이 패했다고는 하나 철가방이 패한 것은 아닙니다, 철주."

  "무슨… 이야기를 하고 싶은 것인가?"

  "철가오장이 모두 나서고, 오백철기를 앞세운다면… 놈

은 죽은 목숨입니다."

오백철기. 칠성철기가 갖춘 보물급의 갑주는 아니지만, 관군도 보유하지 못할 만큼 탄탄한 철갑으로 무장된 것이 바로 오백철기다.

2백 년 전 발생한 백마대전 당시, 마교의 악몽이라 불리던 철혈검대를 짓밟은 이들이 바로 그 오백철기였다.

그만큼 그들의 파괴력은 발군이다.

막말로 좌야장과 우야장, 거기에 칠성철기를 더한다 해도 오백철기는 당할 수 없다.

그런 이들을 써 보지도 않았다. 그러니 중야장의 말대로 아직 철가방이 패한 것은 아니었다.

그 말을 들은 철주가 고개를 저었다.

"우리가 세력을 다해 부딪칠 거라면 저쪽도 그럴 수 있다는 걸 예상해야지. 수천, 아니 수만을 동원해 낼 수 있는 관부를 향해 오백철기를 내보낸다 한들 무슨 소용이란 말인가?"

철주의 말에 중야장의 입이 다물렸다.

겨우 포교 하나 살리자고 그리 많은 병력을 동원할 리 없다는 말은 구태여 입에 담지 않았다.

그런 중야장에게서 시선을 돌린 철주가 좌야장에게 물었다.

"그나저나 각서를 써 주고 왔다고?"

철주의 물음에 좌야장의 얼굴이 붉어졌다.

"예, 모진 목숨… 돈으로 사 왔습니다."

무인에겐 이보다 수치스러운 일이 없다. 하지만 철주는 그리 생각하지 않은 모양이다.

"돈으로 살 수만 있다면 한 번이 아니라 백 번, 천 번이라도 그리해야지. 그대들의 존재는 그리 가벼운 것이 아니니까."

철주의 말에 좌야장의 고개가 조금 더 깊숙이 숙여졌다. 그런 그에게 철주가 물었다.

"얼마를 써 준 겐가?"

"이… 천 냥입니다."

"흠… 은자 이천 냥이면 과한 돈은 아니지."

"저기… 금자입니다."

좌야장의 말에 철주는 말없이 자리에서 일어서 정자를 걸어 나갔다.

그리고 그날, 좌야장은 철가방에서 내쫓겼다.

"이해하게. 돈에 관한 철주의 성품은 자네도 알지 않나."

중야장의 위로는 아무런 도움도 되지 못했다. 낙담한 좌야장이 물었다.

"그럼… 이제 전 어찌해야 하는 겁니까?"

"알아서 돈을… 갚아야지. 철주에게 신용은 또 다른 생명이니까."

"그건 압니다만… 어찌 갚아야 할지……?"

"그, 그거야……."

눈을 못 마주치는 중야장에게서 시선을 돌린 좌야장이 터벅터벅 발길을 옮겼다.

그런 그의 손엔 은자 2천 냥짜리 전표가 들려 있었다.

제38장
개봉사신(開封死神)

 온통 칠흑처럼 검은 색으로 도배된 대전의 중심에 위치한 화로에서 자색 불길이 요사스럽게 타올랐다.

 그 대전의 한복판, 길게 엎드린 마녀가 두려운 음성을 토해 냈다.

 "만마의 지존이시여, 소인을 죽여 주시옵소서."

 마녀의 말에 소름끼치도록 낮은 음성이 대전 바닥을 타고 흘렀다.

 "또 무슨 일인가?"

 "소인이 움직인 철가방이… 마도의 명예에 먹칠을 하였나이다."

 "철가방이면… 개봉의 그 관인 나부랭이에게 보내마 했던?"

"예, 련주."

엎드려 고개조차 못 드는 마뇌에게 음성이 물었다.

"귀화는 무어라 말하는가?"

"아직 그에 관해선 보고가 없사옵니다."

개봉에 잠입시킨 귀화에게서 올라온 마지막 보고는 녹림이 손을 댔다가 화를 입은 듯하다는 것이었다.

물론 그에 대한 마뇌의 물음에 녹림은 아는 것이 없다고 답해 왔다.

그 결과 마뇌가 움직인 것은 개봉에서 가장 가까운 거대 마도 문파인 철가방이었다. 그들이라면 분명 해결해 낼 것이란 확신이 있었기 때문이었다.

하지만 결과는 예상을 완전히 비켜 나갔다.

철가방은 패배를 자인했고, 추가적으로 손을 쓸 생각도 없다고 못을 박았다.

아무리 마련에 속한 문파라지만 더 이상 고집을 부릴 수 없었다.

이제 남은 것은 련주의 결정뿐이었다.

"어찌하올지 명을 주소서."

마뇌의 말에 음성이 답했다.

"그자는… 그냥 두어라."

"하, 하오나……."

"지금 그런 일에 신경 쓰고 있을 시간 따위는 없다."

음성이 차가워지자 마뇌의 이마가 바닥에 닿았다.

"며, 명을 받잡나이다."

"치죄는 후일을 도모하여도 늦지 않음이다."

련주의 음성에 마뇌가 다시 고개를 조아렸다.

"그리 알겠나이다, 지존."

마뇌의 음성이 보랏빛 불꽃에 휩싸여 천천히 스러져 갔다.

　　　※　　※　　※

세영은 눈앞의 전표를 내려다보며 고개를 갸웃거렸다.

"이거 은자 맞지?"

"그, 그게……."

답을 하지 못하는 좌야장을 일별한 세영이 주섬주섬 품속을 뒤져 그가 써 놓은 각서를 꺼내 들었다.

"보자… 여긴 금자라고 적혀 있는데? 내 눈이 잘못된 건가?"

"그, 그건 아니고……."

당황하는 좌야장을 바라보며 세영이 물었다.

"은자 이천 냥이면 금자로 백 냥인 건 아니?"

"아, 알긴 하는데……."

"하다못해 비슷하긴 해야 어떻게 말을 섞어 볼 거 아니야."

"이, 일단 받아 두면……."
"받아 두면?"
"나머진 천천히……."
"천천히 언제? 뭐, 나 죽은 뒤에 갚으려고?"
"그, 그건 아니고……."

어쩌다 자신이 저 포교 앞에서 이리 말도 제대로 못하는 존재가 되었는지 알다가도 모를 일이었다.

답답한 일이었지만 약속을 못 지켰으니 어디 가서 하소연도 못하게 생겼다. 하니 그저 고개를 조아리고 사정을 하는 수밖에.

"너, 뭐할 줄 알아?"
"마, 망치질은 좀……."
"여기가 대장간이냐? 망치질은 무슨… 그거 말고."

싸움은 좀 할 줄 안다고 말하려다 말았다. 패자가 승자를 앞에 두고 할 말은 아닌 듯했기 때문이다.

자신의 물음에 꿀 먹은 벙어리처럼 답을 못하는 좌야장을 바라보던 세영이 혀를 찼다.

"쯔쯔."
"무슨 일이기에 혀를 차는 겐가?"

갑작스런 음성에 시선을 드니 문가에 수부타이가 서 있었다.

"아! 포령."

얼른 일어서는 세영에게 웃어 보이며 수부타이가 집무실 안으로 들어섰다.
"이자는 누구인가?"
"갚을 빚이 있는 놈입니다."
"빚? 누구에게?"
"제게 있습죠."
"박 포교에게?"
"예. 한데 돈을 받을 길이 막막해서 답답해하는 중이었습죠."
세영의 답에 수부타이가 멀뚱하니 서 있는 좌야장을 바라보았다.
"근골이 튼튼해 보이는데."
"그러면 뭘 합니까? 망치질밖에 할 줄 아는 게 없다는데."
왜 그것뿐이냐는 말은 차마 할 수 없었다. 그런 좌야장을 지그시 바라보던 수부타이가 말했다.
"그럼 포쾌나 정용을 시켜 보지 그래?"
"포쾌나 정용을요?"
"보아하니 힘깨나 쓰게 생겼으니 나쁘지 않을 것 같은데. 더구나 봉록이 나오니 그 돈에서 빚을 받아 내면 될 게 아닌가?"
수부타이의 말에 세영의 입가에 의미심장한 미소가 그려졌다.

"한데 마음대로 포쾌로 삼아도 되는 겁니까?"

"자네가 추천한다면 내가 포장께 상신해서 재가를 받겠네. 이전 황 포쾌의 경우도 있으니 어려울 건 없을 걸세."

수부타이의 답에 세영은 생각나는 이가 하나 더 있었다.

"수는… 상관없을까요?"

"왜, 또 추천할 만한 이가 있던가?"

"예, 한 놈, 아니 두 놈이 더 있습니다."

"그럼 셋?"

"예, 포령."

"인적 사항 적어 오게. 내 포장께 승인을 맡아 줄 테니."

"감사합니다, 포령."

고개를 꾸벅이는 세영의 등을 두드려 준 수부타이가 책상 위에 놓인 전표를 바라보았다.

"그나저나 이건 뭔가?"

그제야 수부타이가 자신의 집무실로 찾아온 이유를 알 수 있을 듯싶었다. 어느새 전표를 가지고 온 사람이 자신을 찾아왔다는 말이 귀에 들어갔던 것이다.

하긴 좌야장이 전표 전해 주러 왔다고 정문에서부터 떠들어 댔으니 모르는 것이 더 이상했다.

"그렇지 않아도 잠시 후 찾아뵈려 했습니다."

"호오~ 그런가? 하면 내 가서 기다림세."

"예, 포령."

세영의 배웅을 받으며 나가는 수부타이의 얼굴에 미소가 가득했다.

그렇게 포령이 나가자 세영이 좌야장을 돌아보았다.

"이야긴 들었지?"

"그러니까 나보고 관인을 하란 소리요?"

"싫어?"

"그걸 말이라고……."

"약속도 못 지키는 놈이 뭐 그리 따지는 게 많은지."

세영의 중얼거림에 좌야장의 입이 다물렸다.

자신이 정파인도 아니고 약속 따위 좀 어길 수도 있다. 그런 건 솔직히 문제가 아니다.

하지만 살기 위해 돈을 치렀다는 거, 그것도 모자라 그렇게 약속한 돈도 다 못 치렀다는 게 알려지면… 쪽팔려서 돌아다닐 수도 없다.

어디서 콱 접시 물에 코 박고 죽지 않는 이상은 방법이 없었다.

"어, 얼마나 하면 되는 거요?"

좌야장의 물음에 세영이 미소 지었다.

"그야 나머지 천구백 냥 깔 때까지지."

"에이, 좋소. 그리합시다."

좌야장의 말에 세영이 얼른 그에 대한 서류를 만들었다.

그렇게 만들어진 고용 계약서에 수결을 놓는 좌야장은 미처 알지 못했다.

포쾌의 봉록이 그렇게 짠지를.

❁ ❁ ❁

취조실에 매달려 있는 거패는 지쳐 있었다.

자그마치 한 달 반 동안 햇빛이 들어오지 않는 천장에 매달려 있었다. 식사도 시원치 않았고, 무엇보다 시도 때도 없이 끌어다 똥통에 처넣는 바람에 이젠 이축이 다가오기만 해도 진저리가 쳐질 지경이었다.

그런 거패의 앞에 오랜만에 세영이 섰다.

"여어~ 살아 있었네?"

말본새 하고는……. 이전 같으면 불같은 분노가 끓어올랐을 테지만 지금은 오뉴월 햇빛에 늘어진 강아지처럼 기운이 없었다.

"차라리… 죽여 다오."

"정말?"

"그래… 죽여 줘."

거패의 말에 세영이 혀를 찼다.

"쯧, 살길을 알려 주러 왔더니… 할 수 없지."

희망? 필요 없었다. 지금은 그냥 쉬고 싶었으니까.

반응을 보이지 않는 거패를 흘긋거린 세영이 어깨를 으

쏙였다.

"뭐, 정히 그렇다면……. 야- 이축."

"예, 포교님."

"저거 내려다 똥통에 집어넣어. 머리까지 푹!"

"예?"

놀라는 이축의 반문이 끝나기 무섭게 거패가 외쳤다.

"자, 잠깐!"

"왜?"

"사, 살려 줘."

"뭐?"

"살려 달라고!"

"살려 달라는 놈의 말투가 뭐 그래?"

그 말에 거패가 머뭇거리자 세영이 미련 없이 등을 돌렸다.

"저거 데려다 똥통에 아주 푹……."

"살려 주세요."

거패의 음성에 세영이 고개를 돌렸다.

"뭐라고?"

"살려… 주세요."

피식-

작게 웃은 세영이 거패 쪽으로 몸을 돌렸다.

"살려면 해야 할 일이 있는데."

"뭐, 뭐든 하겠다. 아니, 하겠습니다."

"결심이 그렇다면야… 여기 수결 좀 찍자."

세영이 들이미는 고용 계약서를 거패는 제대로 들여다보지도 않았다. 똥통만 면할 수 있다면 뭐든 상관없었으니까.

막야가 눈을 동그랗게 뜨고 곁에 앉은 살막주를 돌아봤다.

"왜 절……."

"살막을 위한 희생이라고 생각하고……."

"하, 하지만 막주."

두 사람이 하는 양을 지켜보던 세영이 불퉁거렸다.

"이것들이 좌포청이 무슨 전쟁터야? 죽으러 가? 뭔 놈의 사설이 그리 길어!"

고리눈을 뜬 세영의 엄포 아래 결국 막야가 고용 계약서에 수결을 찍었다.

앞의 두 사람과 다른 점이 있다면 막야가 수결을 놓은 고용 계약서엔 '장기'란 단어가 달려 있었다는 점이었다.

세 사람에 대한 포쾌 임명은 무리 없이 받아들여졌다. 은자 3백 냥, 다시 말해 금자 열닷 냥과 함께 내밀어진 임명장에 포장이 두말없이 도장을 찍었던 것이다.

"더러운 세상! 뇌물 없는 세상에서 살고 싶다!"

자신들의 포쾌 임명장을 받아 든 막야가 토한 탄식이었다. 그런 막야를 보며 세영이 시큰둥하니 말했다.

"뇌물 없으면 너, 굶어 죽을 수도 있을 텐데?"

"왜, 왜요?"

"고용 계약서 안 봤냐?"

"봤는데요."

"봤는데 그런 소리가 나와?"

자신의 물음에 막야가 멀뚱멀뚱 바라만 보자 세영이 고용 계약서를 주섬주섬 꺼내서 앞에 펼쳐 주었다.

"잘 봐 봐. 거기 보면 알겠지만 네가 받는 녹봉은 모조리 내가 대신 수령하게 되어 있다."

"아니, 어디에요?"

그런 조항을 본 적이 없던 막야의 물음에 세영이 맨 마지막에 깨알같이 작게 쓰인 조항을 가리켰다.

"여기."

세영의 지적에 막야는 눈에 힘을 잔뜩 주고 그 작은 글씨들을 읽어 나갔다.

〈나 막야는 봉록의 전부를 박세영 포교에게 지급함에 이의를 제기치 않는다.〉

글을 다 읽은 막야의 고개가 벌떡 세워졌다.

"이, 이런 법이 어디 있습니까?"

"여기 있지."

"아니, 왜 제 봉록을 포교님께 다 드려야 하냐고요!"

"금자 7천 냥. 그럼 날로 떼먹을 생각이었냐?"

금자 칠천 냥. 세영이 매향의 몸값으로 도화원에 지급한 금액이었다. 그걸 떠올린 막야는 입조차 벙긋거릴 수 없었다.

그런 막야에게 세영이 친절하게 말했다.

"이천 냥은 안 갚아도 돼. 뭐, 그건 내 선물이라고 치자고. 하지만 오천 냥은 반드시 갚아야 해! 왜? 나도 빚진 거니까."

세영의 말에 막야가 놀란 얼굴이 되었다.

"정… 말입니까?"

"그럼 내가 너 붙잡고 거짓말하랴?"

세영의 답에 막야의 고개가 숙여졌다. 그런 막야를 세영이 위로했다.

"괜찮아. 잘 닦아세우다 보면 꽤 짭짤하더라. 그걸로 네 마누라 먹여 살리고, 애도 키워야지."

"애, 애요?"

의아해하는 막야에게 세영이 말했다.

"그럼 애 안 낳을 생각이야?"

"그, 그야… 나, 낳긴 해야죠. 헤, 헤헤, 헤헤헤."

괜스레 몸을 배배 꼬아 가며 실없이 웃는 막야의 모습에 세영이 혀를 찼다.

"쯧… 그건 그렇고, 거기 거패."

"왜요?"

"이게!"

손을 들어 올리는 세영의 모습에 움찔한 거패가 마지못해 답했다.

"예."

"허산 쪽으론 오줌도 누지 말고."

세영의 경고에 거패가 불만스럽게 말했다.

"그럼 배신자를 그냥 두란 말입니까?"

"배신자는 무슨… 그 덕에 음지에서 양지로 나왔잖아."

"어디가 양집니까?"

"도망 다녀야 하는 산적, 잡으러 다니는 포쾌. 음지와 양지. 꼭 찍어 줘야 아나?"

세영의 말에 거패는 입을 삐죽거렸다. 그런 거패에게 세영이 못을 박았다.

"그냥 하는 소리 아니야. 만에 하나 문제가 생기면… 정말로 똥통에 처박아 버릴 거야."

세영의 위협에 거패는 마지못해 고개를 끄덕였다.

"알았습니다."

여전히 불안했지만 세영은 거패에게서 시선을 돌려 자신

을 바라보고 서 있는 좌야장, 양후를 바라보았다.

"그리고 넌… 열심히 해."

그 말밖에 해 줄 것이 없었다.

그렇게 새로 들어온 포쾌 3인을 두고 일장 연설을 해 대는 세영을 온몸에 붕대를 칭칭 감은 황렬이 못마땅한 표정으로 바라보고 있었다.

훗날, 이른바 '개봉의 사신'이라 불리게 되는 좌포청 비호대의 밑그림이 그렇게 그려지고 있었다.

※ ※ ※

"여긴 누구집인데?"

황렬의 물음에 아무 답도 없이 세영이 집 안으로 들어섰다. 그런 세영을 황렬과 양후, 거패, 그리고 막야가 따랐다.

집은 허름한 것에 비해 잘 가꿔져 있었다.

우물가를 중심에 두고 작은 꽃밭도 있고, 건물도 관리가 잘된 듯 기둥마다 반질반질 윤기가 돌았다.

"안방은 좌포청 서열이 있으니까 황렬이 쓰고, 건넌방은 막야가 써라. 거패는 저 방, 양후가 이 방을 쓰면 되고, 난 저쪽 뒷방을 쓰마."

집 안의 이쪽저쪽을 가리키는 세영의 말에 황렬이 놀란 표정을 지었다.

"무, 무슨 소리야? 우리가 이곳에 산단 말이야?"
"그래. 식구가 많아져서 더 이상 좌포청에서 비빌 수가 없었다. 건넌방과 안방이 제법 크니 안사람하고 살기엔 나쁘지 않을 거다."

 세영의 답에 사람들은 각자가 앞으로 쓸 방을 둘러보느라 분주했다.

 거패와 양후는 시큰둥한 반응이었지만 막야와 황렬은 꽤나 설레는 모양이었다.

 그런 네 사람에게 세영이 말했다.

"가자. 집도 장만했겠다, 내가 술 한잔 살 테니까."
 그 말에 거패와 양후의 표정이 오히려 더 좋아졌다.

 세영이 네 사람을 이끈 곳은 이화루였다.
"어마, 박 포교님!"
 들어서는 이들을 반겨 준 것은 관화였다.
"잘 있었냐?"
"박 포교님이 안 오시는데 제가 잘 있었겠어요? 도대체 그동안 왜 이렇게 안 오셨던 거예요?"
"바빴다. 일단 술부터 다오."
"무엇으로 드릴까요?"
"백주로 하자."
"예, 잠시만 기다리셔요."

관화가 물러가자 세영이 일행들에게 말했다.

"뭐해, 앉지 않고?"

세영의 말에 일행이 여기저기 자리를 잡았지만 거패만큼은 멀뚱히 서서 관화를 바라보느라 정신이 없었다.

그 모습을 보고서야 기억이 났다.

거패가 관화를 보쌈하려다 일이 틀어지는 바람에 자신과 엮였다는 것이.

"거 포쾌, 앉아. 집 안 무너진다."

"예? 아! 예."

자리에 앉은 후에도 거패는 넋이 나간 표정으로 관화의 움직임을 쫓느라 정신이 없었다.

그걸 보면서 거패의 상황을 못 알아차리는 건 바보였다.

"너 설마……."

황렬이 제일 먼저 알아차렸고, 두 번째로 알아차린 막야는 피식 웃었으며, 양후는…

"뭘 그렇게 보는데? 왜? 원수라도 마주쳤어?"

바보였던 모양이다.

잠시 후, 관화가 직접 술을 내오고서야 거패의 눈은 그녀에게서 떠났다. 어찌 된 일인지 정작 가까이 다가섰을 땐 제대로 쳐다보지도 못하는 것이나.

술을 따라 주고 몇 마디 말을 건넨 관화가 다른 손님의 자리로 가자 세영이 거패에게 면박을 주었다.

"사내자식이 어째 그래?"

"뭐, 뭐가 말입니까?"

당황하는 거패의 어깨에 팔을 걸친 황렬이 말했다.

"뭐긴, 좋아하면 좋아한다. 딱, 응? 말을 해야지."

"그러게 말입니다. 좋아하는 건 말을 해야 상대도 안다구요."

막야까지 거들고 나섰다. 일행의 말을 듣던 양후가 놀란 표정이 되었다.

"뭐야? 누가 좋아하는 건데? 상대는 누구고?"

여전히 헛다리만 짚는 양후를 무시한 세영이 거패에게 물었다.

"한데 진심인 거냐? 아니면 호기심? 그도 아니면 그냥 예뻐서 어떻게 한번 해 보려고?"

"모, 모릅니다."

마치 부끄러움 타는 여인네처럼 당황한 얼굴로 고개를 돌리는 거패의 행동에 잠시 멍해 있던 세영과 황렬, 그리고 막야가 박장대소를 터트렸다.

그 와중에 양후의 끈질긴 물음이 날아들었다.

"도대체 누가 누굴 좋아하는 거냐니까?"

제39장
죽음을 납치하다

첫 사가(私家)에서의 출청은 지각으로 시작되었다.

전날 과도한 기쁨에 새벽에 잠이 든 초련과 매향, 아니 이연과 유린이 늦잠을 잔 덕에 사내들이 모조리 지각을 했던 것이다.

그런 세영을 포령이 불러들였다.

지은 죄가 있기 때문에 눈치를 보는 세영에게 수부타이가 서찰을 하나 내밀었다.

"이게… 뭡니까?"

"읽어 보게."

수부타이의 말에 서찰을 펼치니 어사대가 지급으로 내려보낸 공문이었다.

"환요랑(歡妖郎)?"

"유명한 색마일세. 주로 서부 지역에서 활동하던 작자인데, 동부 지역으로 이동 중인 모양이야. 최근 들어 섬서에서 피해자가 급증했다는 보고가 있었네."

"색마면… 호색한입니까?"

잘생긴 외모나 뛰어난 방중술로 여인들을 홀리는 이들도 색마라 불리기 때문이다.

세영의 물음에 수부타이가 고개를 저었다.

"이놈은 말 그대로 색마일세. 미혼향이나 양귀비 같은 마약을 써서 강제로 여인을 취하지. 때문에 놈에게 당한 여인들 대부분이 발견될 당시 마약에 중독된 상태였다 하네. 문제가 심각하게 되는 것이지."

"하지만 섬서라면 아직 우리가 주의를 기울일 단계는 아니지 않습니까?"

"거기 적혀 있진 않지만 섬서를 담당하는 장안 좌포청에서 보내온 소식에 따르면 놈이 아무래도 하남 쪽으로 이동하는 것 같다는군."

포령의 말에 세영의 표정이 굳었다.

자고로 살인만큼 나쁜 죄가 바로 강간 등 성에 관련된 범죄였다.

"걱정은 됩니다만, 왜 좌포청에서 다루는 겁니까? 이런 놈이라면 우포청 관할 아닙니까?"

"놈이 무공을 익히고 있네."

"무공… 을 말입니까?"

"감숙에서 처음 밝혀진 사실인데, 추포에 나섰던 난주 좌포청의 포교와 포쾌 수십이 죽고 다쳤다더군. 섬서에서도 낙양 좌포청 최고의 고수라 불렸던 포두가 놈의 꼬리를 잡았다 시체로 발견되었다네."

"살려 둘 가치가 없는 놈이로군요."

"맞네. 해서 어사대에선 놈을 일급 척살 대상으로 올려놓았네. 발견 즉시 참하여도 무방한 죄인일세."

"알겠습니다. 애들한테 주지시켜 두겠습니다."

"그리하게. 그리고 순찰도 강화하고."

"예, 포령."

답을 한 세영은 곧바로 좌포청 마당으로 포쾌들을 불러 모았다.

야근조에 속한 이들을 제외한 10명의 포쾌가 그의 부름에 모여들었다. 그 속엔 세영과 함께 살게 된 황렬과 거패, 양후, 그리고 막야가 섞여 있었다.

"어사대의 공문이 내려왔다. 환요랑이란 색마 놈이 하남으로 들어설 모양이다. 아직 하남에선 발견된 소식이 없지만 감숙과 섬서에선 분탕질을 제대로 친 듯하다."

"하여간 그런 놈은 잡자마자 그걸 잘라 버려야 한다니까."

기륭의 말에 피식 웃어 보인 세영이 고개를 끄덕였다.
"옳은 말이다만 조심은 해야겠다."
"혹시 무공을 합니까?"
역시나 경륜은 무시할 수 없다. 곧바로 물어 오는 기륭에게 세영이 고개를 끄덕였다.
"감숙에서도 여러 사람이 당했고, 섬서에선 낙양 좌포청 최고의 고수가 당했단다. 하니 섣불리 덤비지 말고, 발견 즉시 좌포청으로 연통해라."
"예."
답을 하는 포쾌들을 확인한 세영이 명했다.
"휘하 정용들에게 같은 내용 주지시키고. 해산."
"충!"
군례를 올린 포쾌들이 저마다 떠들면서 포반으로 움직였다. 그런 이들과 섞이지 않고 막야가 남았다.
"왜, 무슨 할 말이라도 있는 거냐?"
"정말 환요랑입니까?"
"그래, 그렇게 들었다."
세영의 답에 잠시 갈등 어린 표정이던 막야가 작게 말했다.
"잠시 조용한 데서 말씀드릴 수 있을까요?"
뭔가 여상치 않다는 걸 알아차린 세영이 막야를 집무실로 이끌었다.

집무실로 들어선 세영이 문을 닫고 자리에 앉으며 빈 의자를 가리켰다.

"앉아."

"감사합니다."

자리에 앉은 막야에게 세영이 물었다.

"할 말이 뭔데 조용한 곳까지 찾은 거야?"

"그게… 정말 환요랑이 맞다면… 놈을 조심해야 합니다."

"무공을 익히고 있다니까 조심은 해야겠지. 그건 이미 말했잖아."

"그것이 아니라……."

주저하는 막야에게 세영이 물었다.

"뭔데? 뭔데 너답지 않게 그리 뜸을 들여?"

세영의 독촉에 막야가 조심스럽게 입을 열었다.

"사실은 환요랑이란 이름은 살막에서 시작되었습니다."

"뭐?"

놀라는 세영에게 막야가 설명을 이었다.

"전대 살막주껜 동생 한 분이 있었습니다. 그분은… 너무 뛰어나서 자객왕의 자리에 가장 근접했다는 평가를 받았었지요."

"살수 무공이 어느 정도였기에?"

"솔직히 말씀드리면 무공은 그리 강한 편이 못 됩니다. 지금의 일 호정도……. 물론 그것만으로도 살막 최고이긴 하겠지만 극의를 깨우친 정통 무인들한텐 별것 아니지요."

 틀린 말은 아니다. 정면 대결이라면 당장 황렬이나 거패, 양후 모두 1호쯤은 한 손만으로도 제압이 가능했으니까.

 "무슨 뜻인진 알아들었다. 한데 그런 실력만으로 어찌 자객왕에 가깝다는 평가를 받을 수 있었던 거지?"

 "천부적인 재능 때문입니다."

 "천부적인 재능?"

 "자객행에 있어서 그분을 능가하는 자객을 전 본 적이 없습니다. 물론 너무 어릴 때여서 무조건적으로 동경했을 수도 있지만, 살막의 은퇴 자객들도 모두 그분을 첫손가락에 꼽길 주저하지 않는 것으로 보아선 단지 제 동경만은 아닐 겁니다."

 "도대체 어떻게 뛰어났다는 거야?"

 세영의 물음에 막야가 잠시 과거를 뒤적여 그에 관한 이야기를 풀어 놨다.

 "삼십 년 전쯤 당시 십대고수였던 화산의 일송자가 침실에서 살해당한 일이 있었습니다."

 "그게 그자의 작품이었나?"

 "예."

 "십대고수를 죽였으니 뛰어나다는 거로군."

 "그게 아닙니다."

 "그럼 뭐가 뛰어나다는 거지?"

"일송자는… 구파일방이 키운 자객이었습니다."

"뭐?"

"이건 아는 이들이 극히 드문 이야기입니다만… 사실 구파일방은 금의 황제를 암살할 계획을 짰습니다. 문제는 금 황제의 곁을 한시도 벗어나지 않는 호위들이었지요."

"설마 금 황제의 곁에 십대고수들조차 어쩔 수 없을 만큼 뛰어난 고수들이 있었단 말이야?"

세영의 물음에 막야가 고개를 저었다.

"그건… 아닙니다. 그들이 나서면 충분히 제압이 가능한 이들이었죠. 문제는 그러기 위해선 시간이 걸린다는 것이었습니다."

"시간이 걸려도 죽이면 그만이 아닌가?"

"몰려나올 근위병들은 어찌하고요. 아니, 그들마저 무시하고 죽였다 치면 그 보복은 또 어찌합니까? 적어도 신분이 들통 나면 금의 군대가 그들의 사문을 그냥 두지 않을 텐데요."

"그러니까 몰래 죽일 실력자가 필요했다?"

"예, 구파일방이 가진 살예가 모조리 모여들었죠. 그걸 익힌 자가 바로 일송자였습니다. 살예로 십대고수에 오른 인물이었던 거죠. 다시 말해, 일송자는 사실 당대의 자객왕인 셈이었던 겁니다."

비로소 세영은 막야가 하고 싶은 말을 이해할 수 있었다.

"그러니까 자객왕을 죽인 자객이라……?"

"바로 그렇습니다. 더구나 그의 무공은 일송자에 비하면 조족지혈에 불과했습니다."

하수가 고수를 죽였다. 결국은 살예가 앞섰다는 뜻이다.

문제는 죽은 이가 구파일방이 보유한 살예를 모조리 익힌 괴물이라는 점이었다.

"그 소리는……"

"훈련된 능력이 아니라, 천부적인 재능입니다. 거적때기만 둘러도 천고의 은신법을 익혔다는 이보다 더 완벽하게 몸을 숨길 수 있습니다. 귀식대법을 쓰지 않고도 네 시진 동안 죽은 듯이 땅속에 묻혀 있는 사람입니다. 그건… 하늘이 내린 재능이라고 표현할 수밖에 없습니다."

"그런 놈이 왜 색마가 된 거야?"

"그건 저도 잘 모릅니다. 단지 갑자기 살막을 뛰쳐나갔고, 그 이름이 서쪽에서 가끔 지저분한 소문과 함께 들려왔었다는 정도만 알 뿐입니다."

"그런 놈이 다시 동쪽, 하남으로 온다……. 이거, 정작 급한 건 살막 아니야?"

세영의 말에 막야가 자리에서 벌떡 일어섰다.

"자, 잠시 다녀오겠습니다."

세영의 답도 기다리지 않고 막야가 달려 나갔다. 그런 막야를 바라보는 세영의 눈이 근심으로 물들었다.

❈   ❈   ❈

 해가 저물어 가는 개봉으로 들어서는 일중은 설레는 마음을 좀처럼 진정시키지 못했다.
 도망치듯 떠났던 20년 세월이 마치 어제 일처럼 그의 뇌리를 스쳐 지나갔다.
 '천천히, 내가 이곳을 떠나야만 했던 치욕을 천천히, 아주 천천히 되갚아 주겠어.'
 주먹을 쥐어 보이는 일중이 처음 발길을 멈춘 곳은 객잔이었다.
 사흘, 섬서에서 이곳 개봉에 닿는 데 걸린 시간이다. 그 시간 동안 아무것도 먹지 않았다. 아니, 못했다. 꼬리를 달고 식사하는 취미는 없었으니까.
 "어서 오세요. 뭘 드릴까요?"
 "국수하고 가벼운 소채를 다오."
 일중의 주문을 받은 점소이는 고개를 꾸벅 숙여 보이곤 주방으로 달려갔다.
 잠시 후, 먹음직스러운 국수와 풍성한 소채가 나왔다.
 "맛있게 드세요."
 짤랑이며 뛰어가는 점소이의 음성이 경쾌해서 마음이 가벼워졌다. 기분 좋게 젓가락을 들던 일중의 표정이 급격하게 굳어 갔다.

"빠르군."

작게 중얼거린 일중이 은자 한 냥을 올려놓고 객잔을 나섰다.

그가 떠난 빈자리엔 손도 대지 않은 국수와 소채가 아쉬운 듯 덩그러니 놓여 있었다.

객잔을 나선 일중은 느긋하게 시전을 걸었다. 흘깃… 돌아보는 시선에 걸리는 것이 없다.

피식-

웃음이 절로 흘러나올 정도로 이번 녀석은 제법이다. 아무래도 낙양 좌포청의 관인은 아닌 듯했다.

어쩌면 복수를 위해 고용된 낭인일지도……. 자신을 위협할 만한 낭인들의 이름을 떠올리며 일중은 천천히 후미진 길로 접어들었다.

행인의 수는 급감했고, 사위는 조용하게 침묵했다. 이곳까지 쫓아온다면 추적자는 신분을 드러낼 수밖에 없었다.

후미진 길가의 작은 골목, 작게 웃은 일중이 자연스럽게 골목 안으로 사라졌다.

일중이 골목 안으로 사라지기 무섭게 날카로운 인상의 사내 셋이 모습을 드러냈다.

일중이 들어간 골목을 빤히 앞에 두고도 사내 셋은 좀처럼 안으로 발을 들이지 못했다. 자신들이 쫓는 자는 어둠을 곁에 두고선 십대고수도 안전을 장담할 수 없는 놈인 까닭이다.

그렇다고 마냥 주위만 돌 수도 없다. 그래선 돈을 받을 수 없으니까.

'십만 냥!'

놈의 목에 걸린 상금이다. 그것도 금자로. 생사는 불문. 그 덕에 낭인 시장에서 최고라 불리는 셋이 뭉쳤다.

꿀꺽.

누군가의 목을 타고 넘는 마른침이 내는 소리가 적막한 길가를 울렸다.

그것을 신호인 양 서로를 바라본 사내 셋이 동시에 골목 안으로 몸을 날렸다.

침묵이 골목에서 새어 나와 후미진 개봉의 뒷골목 전체를 장악한 듯했다.

그것은 소리가 나지 않는 것이 아니라 마치 침묵이 그곳에서 나는 소리를 잡아먹는 듯한 느낌이었다.

잠시간의 침묵이 그렇게 흐르고, 골목에서 일중이 유유자적하게 모습을 드러냈다.

"쩝."

고양이처럼 자신의 손을 핥은 일중의 손이 유난히 붉다. 피라도 바른 것처럼.

그가 떠난 개봉의 뒷골목에 다시 소리가 찾아들었다. 주변에서 떠들어 대는 호객꾼들의 목소리부터, 물건을 늘어

놓고 구경만 하다 떠나는 손님에게 퍼붓는 장사치의 욕설까지……

 그 소리들이 골목 어귀로 천천히 흘러나오는 붉은 피를 거꾸로 따라 골목 안으로, 안으로 흘러들었다.

❀   ❀   ❀

 객잔의 점소이는 멀쩡한 음식을 두고 나갔던 손님을 다시 받는 생경한 경험을 하고 있었다.
"국수와 소채, 다시 부탁하마."
 손님의 주문에 점소이가 곤란한 듯 말했다.
"다시 드릴 수는 있습니다만, 돈은……."
"치를 테니 걱정 말고."
 일중의 답에 점소이는 한층 밝아진 얼굴로 고개를 숙여 보이곤 주방으로 쪼르르 달려갔다.
 잠시 후, 차려 내진 국수와 소채를 일중은 아까완 다르게 천천히 꼭꼭 씹어 먹었다.
 음식을 먹는 자세도 충실했지만 제 양을 모조리 먹어 치우는 성의도 잊지 않았다. 어찌나 깨끗이 비웠던지 그릇을 치우던 점소이가 다 놀랄 지경이었다.
 그런 점소이에게 일중이 물었다.
"이곳에 술을 할 만한 곳이 있더냐?"

"술을 먹을 곳이야 지천이죠. 문제는 어디까지를 원하시느냐 하는 것입죠."

"그저 기분 좋게 술을 마실 수 있는 곳이면 족하다만."

"기녀는……."

잠깐 회가 동하긴 했지만 돈을 내고 여인과 마주 앉아 본 것은 너무나 먼 과거의 이야기였다.

그리고 그 방법 말고도 일중은 여인과 함께 앉는 방법을 너무나 많이 알고 있었다.

"기녀는 필요 없단다."

일중의 답에 점소이가 아쉬운 표정을 지었다.

손님을 물어다 주면 기루에서 적지 않은 돈을 쥐여 주기 때문이었다.

그것을 간파했던가? 일중이 반 토막짜리 은자 하나를 꺼내 놓았다.

은자 반냥, 철전으로 따지면 오십 전짜리다. 점소이의 열흘 치 품삯과 같은 금액이었다.

꿀꺽-

조금 전 후미진 개봉의 뒷골목에서 들었던 것과 동일한 소리를 일중은 들었다.

욕심이 내는 소리…….

피식-

작게 웃은 일중이 반쪽짜리 은자를 점소이 쪽으로 밀었다.

"네가 좋은 곳을 알고 있을 것이라 믿으마."

아니라면? 오늘 점소이는 은자 반냥으로 제 목숨을 판 것이 될 터였다.

자신 쪽으로 밀어진 은자 반냥을 황급히 품속으로 갈무리한 점소이가 침을 튀겨 가며 주루 하나를 설명하기 시작했다.

점소이의 설명을 모두 들은 일중이 객잔을 나선 후 다시 발길을 멈춘 곳은 흐드러지는 웃음과 진한 주향이 풍겨 나오는 곳이었다.

"흠… 배나무 꽃이라……."

잠시 중얼거린 그가 들어선 곳의 현판엔 이화루란 글씨가 붉은 자태를 곱게 드리우고 있었다.

"어서 오세요."

점소이가 아니라 여인이 맞는다. 그것도 눈이 휘둥그레질 만큼 어여쁜 여인이.

일중의 입가로 미소가 그려졌다.

그와 함께 객잔의 점소이는 내일 떠오르는 해를 다시 볼 수 있게 되었다.

"이쪽으로 앉으세요."

여인의 안내로 자리에 앉은 일중에게 그녀가 인사를 건네 왔다.

"관화라 합니다. 이화루는 처음이시죠?"
"어찌 알았소?"
"절 보고 그리 놀라셨으니까요."

 말해 놓고 부끄러운 듯 웃는 모습에 심장이 미친 듯이 두방망이질 쳤다.

 튀어 오르는 본능을 간신히 짓누르며 일중이 미소를 그려 냈다.

"놀라지 않는다면 사내도 아니겠지. 아니 그렇소?"
 일중의 대꾸에 관화란 여인이 흐드러지게 웃었다.
"호호호호, 재미있는 손님이시네요. 무엇으로 드릴까요? 술이 부담스러우시면 가볍게 차를 하셔도 무방하답니다."

 술을 파는 주루가 술이 아닌 차를 권한다. 매상 따위 중요치 않다는 자신감이다.

 그 자신감이 묘하게 자존심을 긁었다.
"아니오, 술을 주시구려."
 마치 그럴 줄 알았다는 듯이 웃은 여인, 관화가 물었다.
"하면 무엇으로… 저흰 백몽홍(百夢紅)이나 취선몽(醉仙夢)이 좋기로 유명하답니다."

 각기 백주와 황주에선 최고가로 치는 술들이다. 그것 한 병이면 어지간한 사내들의 전낭은 바닥을 드러내야 할 만큼.

 비로소 당했다는 것을 알았지만 사내의 자존심이 물러서

는 것을 용납하지 않았다.

"하하하, 맑은 것을 좋아하니 백몽홍으로 합시다."

일중의 웃음에 마치 부끄러운 것을 들킨 듯 관화는 붉은 눈웃음을 남기고 주탁으로 향했다.

잠시 후, 그녀는 자신처럼 매끄러운 술병 하나와 전복 냉채를 내놓았다.

"이것은 시키지 않았소만."

더 이상은 당하지 않겠다는 무언의 시위인지, 아니면 돈이 부족한 까닭인지 눈에 힘을 주는 일중에게 관화가 미소를 지었다.

"이것은 제 장난을 받아 주신 것에 대한 보답이랍니다."

완벽하게 당했다. 잠시 관화를 바라보던 일중이 통쾌하게 웃었다.

"크하하하하!"

그렇게 일중의 145번째 목표가 정해졌다.

❃ ❃ ❃

후미진 개봉 뒷골목, 우포청 야번조의 포쾌와 정용들이 분주히 움직였다.

그들에게 다가선 이는 오늘 야번조를 맡은 유 포교였다.

"무슨 사건인데 오라 가라야?"

못마땅한 음성을 풀풀 날리는 유 포교에게 사건 현장을 관리하던 포쾌가 얼른 다가왔다.

"셋이 당했는데 아무래도… 무림인들 같습니다."

"무림인?"

"예, 유 포교님."

포쾌의 답에 횃불로 밝혀진 후미진 골목 안으로 들어선 유 포교는 잔인하게 난도질당한 시체, 아니 고깃덩어리 3개를 발견할 수 있었다.

"욱!"

시체를 한두 번 본 게 아닌데도 욕지기가 올라올 정도로 시신은 크게 훼손되어 있었다. 그것도 세 구씩이나.

"괜찮으십니까?"

포쾌의 물음에 유 포교가 손사래를 쳤다.

"괜찮아. 빌어먹을! 도대체 어떤 정신 나간 새끼가… 그나저나 뭘 보고 무림인이라는 거야?"

유 포교의 물음에 포쾌가 작달막한 나무 3개를 내보였다.

"저들의 품에서 나온 것입니다."

포쾌에게서 건네받은 나무토막을 살피던 유 포교의 눈이 커졌다.

"낭인패?"

"예, 후면에 새겨진 늑대 문양… 감숙에 위치한 주천 낭인 시장의 독문 표식입니다."

감숙성 주천의 낭인 시장은 개봉의 포쾌가 알 정도로 유명한 곳이다.

중원 천지에서 가장 많은 낭인이 모여들고, 가장 흉포하며 사나운 낭인들은 모조리 이곳 출신이다.

이유는 하나다. 주천의 지척에 가욕관, 만리장성의 출구가 위치해 있기 때문이다.

대대로 가욕관은 중원을 노리는 새외 세력이 반드시 넘어야 하는 관문이었고, 중원의 제국은 무조건 막아야 하는 전략 요충지였다.

당연히 싸우는 날보다 평화로운 날이 적을 수밖에 없다.

전쟁이 없어도 편하지 않다. 가욕관을 통해 서역으로 넘나드는 상인들을 노리는 마적들이 셀 수 없이 출몰하기 때문이다.

그들을 보호하기 위해 칼 하나를 품고 가욕관을 나서는 낭인들을 찾는 것은 그리 어려운 일이 아니다.

이렇게 저렇게 낭인 시장이 발전할 수밖에 없는 태생적 환경이 조성된 곳이 바로 주천이었던 것이다.

늑대 문양을 뒤로 두고 돌리니 문드러진 이름이 드러났다.

"십타단봉?"

유포교의 중얼거림에 포쾌가 얼른 설명을 올렸다.

"크게 이름을 떨치는 자는 아니지만 나름 유명세가 있는 자입니다. 홀로 대막의 마적 여덟을 죽이고 상단을 보호한 일로 유명세를 얻었습죠. 빠른 단봉술이 특기로 알려져 있습니다."

"유명한 자가 아니라면서 제법 상세히 아는군."

"제가 난주 포청에 있을 때 함께 작전을 했던 적이 있습니다."

"아! 자네 이전 근무처가 난주라고 했었지?"

"예, 이곳까지 오느라 죽을 똥을 쌌습니다."

'그게 아니라, 죽을 만큼 돈을 퍼 날랐겠지.'

하지만 유 포교는 생각을 그대로 드러내진 않았다. 그건 누워서 침 뱉기였으니까.

"그래, 여하간 낭인이라 이거지?"

"예, 유 포교님."

포쾌의 명쾌한 답에 유 포교의 입꼬리가 빙긋이 말려 올랐다.

"무림인은 우리 관할이 아니다. 좌포청 불러!"

유 포교의 말에 저 끔찍한 시신을 어찌 치울지 곤란해하던 정용들 사이에서 환호성이 터져 나왔다.

우포청에서 연통을 받은 좌포청의 야번조가 어슬렁거리며 사건 현장에 나타났다.

한데 그렇게 나타난 이를 본 유 포교의 눈이 화등잔만 하

죽음을 납치하다 • 293

게 커졌다.

"나, 나 갈 테니까 아, 알아서 처리해라."

그 말만 남겨 둔 유 포교가 떠난 현장에 좌포청 야번조를 이끈 황렬이 모습을 드러냈다.

"저 새낀 왜 저러고 도망가는 거야?"

황렬의 물음에 우포청의 포쾌는 고개를 저을 뿐이었다. 물론 몰라서 젓는 것은 아니다.

하지만 안다고 떠들 수 있는 문제가 아니었던 것이다. 적어도 자기 상관이 누가 무서워서 도망갔다는 소린 할 수 없었던 것이다.

굳이 답을 원했던 건 아니었던지 황렬의 궁금증은 금방 방향을 바꿨다.

"아이구… 어떤 새낀지 아주 난도질을 해 놨네. 피해자 신분은 나왔냐?"

그래도 한두 달 되었다고 제법 포쾌의 자세가 나오는 황렬이었다. 그런 그의 물음에 우포청 포쾌가 재빠르게 답했다.

"나, 낭인입니다."

"이름?"

"십타단봉입니다."

마치 상관의 물음에 답하는 수하 같았다.

하지만 불행하게도 둘의 직급은 같다. 물론 그걸 주장할 만큼의 담력을 우포청 포쾌가 가지고 있지 않았지만.

"십타단봉? 주천 낭인 시장의 그 단봉가지고 설치는 새끼?"

"네, 대인."

대인… 불러놓고도 아차 싶었지만 이미 엎질러진 물이다. 큭큭대는 좌포청 정용들을 노려보는 우포청 포쾌의 뒤통수로 솥뚜껑만 한 황렬의 손바닥이 작렬했다.

퍽-

휘청, 자칫 쓰러질 뻔한 것을 가까스로 면한 우포청 포쾌에게 황렬의 욕설이 쏟아졌다.

"이 새끼가 어따 대고 눈을 부라리고. 뒈질래?"

"아, 아닙니다, 대인."

자존심… 오래 사는 걸 목표로 삼은 이후 그딴 거 버린 지 오래된 우포청 포쾌의 답에 부릅떴던 눈을 원상태로 돌린 황렬의 물음이 이어졌다.

"다른 두 놈도 주천 낭인 시장 출신이고?"

"예, 여기… 낭인패입니다."

우포청 포쾌가 내미는 낭인패는 황렬의 눈짓을 받은 좌포청 정용이 대신 받았다.

"늑대 문양… 주천의 낭인 시장이 발행한 낭인패가 맞습니다."

좌포청 정용의 확인에 황렬이 잘게 다져진 시신들을 이

죽음을 납치하다 • 295

리저리 들춰 보았다. 그것도 맨손으로……. 그 장면을 바라보며 절로 눈살을 찌푸리던 우포청 포쾌에게 황렬의 물음이 날아들었다.

"이 새끼들, 따로 들른 곳이 있나?"

"아직 동선은 확인되지 않았습니다."

"단봉은 모르겠지만 칼과 도끼까지. 이 정도면 성문에서 검문에 걸렸을 텐데."

물론 잡지는 않는다. 아니, 잡지 못한다. 그들도 무림인들이 법보다 주먹을 앞세우는 것을 아니까.

그래도 어디서 온 자들인지 정도는 기록하는 것이 성문 경비대원들의 의무였다.

"알아보겠습니다."

"아니다. 어차피 우리 관할로 넘어온 거니까 우리가 알아보지."

황렬의 말이 떨어지기 무섭게 좌포청의 정용 하나가 성문 쪽으로 달려갔다.

명령이 없어도 움직이는 모양새가 적지 않게 손발을 맞춰 본 듯했다.

"하, 하면 저희는 이만……."

슬금슬금 뒷걸음치며 물러가는 우포청의 병력을 황렬은 그냥 돌려보냈다.

그렇게 우포청의 병력이 철수한 직후 성문으로 달려갔던

정용이 돌아왔다.

"십타단봉, 대막살도, 패력부광. 주천 낭인 시장의 낭인 삼 인이 개봉으로 들어선 것은 유시정(酉時正:오후 6시)경이랍니다."

"유시정이라……. 그럼 해가 저물어 가는 시간에 들어섰다는 건데……. 이놈들 특기가 뭐지?"

황렬의 물음에 낭인들에 대해 적어 놓은 수첩을 뒤적거리던 한 정용이 재빠르게 답했다.

"상인의 호송도 맡지만 주업은 현상금 사냥꾼입니다."

"현상금?"

"예, 한데 그게 관부가 건 그런 현상금 말고, 장사치들이나 재산가들이 건 현상금을 쫓는 걸로 되어 있습니다."

"요사이 이 자식이 관심을 가질 만한 현상금이 뭐가 있지?"

황렬의 물음에 정용은 곤혹스러운 표정으로 뒷머리를 긁적였다.

"그것까지는……."

그런 정용을 노려보며 황렬이 말했다.

"그렇게 서 있으면 몰랐던 게 알아지냐?"

"아, 알겠습니다! 곧바로 조사해 오겠습니다."

까딱이는 황렬의 고갯짓에 정용이 부리나케 시전 쪽으로 달려갔다.

장사치나 재산가들이 걸어 놓은 현상금을 가장 빠르게 알아보는 방법은 역시 장사치들에게 묻는 것이었기 때문이다.

요사이 걸린 현상금에 대해 한 정용이 알아보러 움직인 사이 더벅머리 점소이 하나가 미친 듯이 달려왔다.

"대, 대인! 대인!"

자신 앞까지 달려와서 거칠게 숨을 몰아쉬는 점소이를 바라보던 황렬이 알은체를 했다.

"너… 이화루의……?"

"맞습니다, 대인. 전 이화루의 점소이입니다."

"한데 네 녀석이 왜 여길?"

"크, 큰일 났습니다!"

"무슨 큰일?"

"방금 전에 저희 관화 아가씨가 납치를 당했습니다!"

"뭘 당해?"

"나, 납치요! 웬 불한당 같은 작자가 관화 아가씨를 둘러업고 냅다 도망을 쳤단 말입니다요!"

놀라는 황렬의 시선으로 현상금을 알아보러 갔던 정용이 도착하는 것이 보였다.

문제는 그 정용의 표정이 잔뜩 굳어 있다는 것이었다.

"넌 또 왜 표정이 그래?"

"아무래도 일이 잘못된 듯합니다."

"무슨 소리야?"

황렬의 물음에 정용이 난감한 음성으로 답했다.

"최근에 걸린 가장 큰 현상금은 대륙 전장에서 건 것인데… 목표가 환요랑이랍니다. 그리고 십타단봉 등이 그 현상금 사냥에 참가했다는 소릴 들었다는 상인도 만났습니다."

정용의 말에 황렬의 표정이 구겨졌다.

"옛 됐다. 즉시 비상 걸고 박 포교 호출해! 그리고… 거패 불러라."

"거 포쾌님은 왜……?"

의아하게 바라보는 정용에게 황렬이 답했다.

"관화가 납치됐다잖냐. 그 자식한테 이야기 안 했다간……."

거기까지만 말해도 정용은 제대로 알아들었다.

요사이 거 포쾌가 이화루의 관화를 좋아한다는 소문이 돌고 있다는 것을 떠올린 까닭이었다.

세영과 거패를 부르기 위해 뛰어가는 정용을 바라보는 황렬의 얼굴이 어두웠다.

죽음을 납치하다 • 299

자투리
양상군자 수춘

 수춘은 도둑이다. 개봉에선 적수가 없고, 하남 전역에서도 상당히 유명한 도둑이다.
 그가 마음먹어 훔치지 못한 물건이 없었고, 들어가지 못한 집이 없었다. 하물며 개봉부윤의 집도 세 번이나 담을 넘었으니 그의 실력이 어떤지는 짐작하고도 남음이 있다.
 그런 그가 자성로 남단에 늘어선 집들 중 하나를 고른 것은 그간 개봉을 도는 소문 하나 때문이었다.

 '개봉의 돈을 요즘 그 포교가 싹쓸이 한다면서.'
 '말도 마. 개봉의 주루며 기루가 모조리 그 포교한테 상납을 한다는구먼.'

'비리 포교의 표상이로구먼. 귀신은 뭐하는지 몰라 그런 놈 안 잡아가고.'

 그 소문의 중심에 서 있는 포교의 집 앞, 작게 미소 지은 수춘이 조심스럽게 담장을 넘으며 생각했다.
 '적어도 금고 하나는 있겠지? 아니, 어쩌면 여기저기 나누어 숨겨 두었을지도 모르지. 그러면 시간이 걸릴 텐데……. 에이, 뒤지면 되겠지.'
 생각을 털어 버린 수춘이 담을 가뿐히 넘어 내려선 집 안은 죽은 듯이 고요했다. 제법 무술을 한다던데 귀까지 밝은 건 아닌 모양이었다. 까치발을 든 수춘이 고양이처럼 사뿐, 사뿐히 움직여 안방 앞에 다다랐다.
 조심스럽게 방문을 열려는 순간… 수춘의 얼굴이 붉어졌다. 방문 안에서 새어 나오는 달뜬 신음이 무엇을 말하는지 알아차린 까닭이다.
 '운우지락을 방해하는 만행은 저지르지 말아야겠지.'
 슬며시 물러난 수춘이 이번엔 대청마루를 사이에 두고 안방과 마주한 건넌방으로 다가섰다. 한데 그 방에서도 달뜬 신음이 흘러나오는 게 아닌가.
 '제기랄! 노총각 엿 먹이나?'
 속으로 투덜거린 수춘이 대청마루에서 슬그머니 내려서 부엌을 사이에 두고 늘어선 건넌방들로 움직였다.

부엌으로부터 첫 번째 방은 묘한 기분이 들었다. 마치 문을 열면 무지막지한 도끼라도 뛰쳐나올 듯한……

자신의 예감을 무시한 적이 없던 수춘은 오늘도 그 예감을 충실히 따랐다.

물 흐르듯 조용히 첫 번째 방을 지나친 수춘이 두 번째 방문에 손을 얹었다.

찌릿-

뭐라고 설명해야 할까? 이건 마치 바늘로 온몸을 찌르는 듯한 느낌이었다.

이런 느낌을 무시하면 반드시라고 해도 좋을 만큼 사달이 생겼다.

꿀꺽-

저도 모르게 넘어가는 마른침을 삼킨 수춘이 잡았던 문고리를 슬그머니 내려놓고 물러섰다. 그러고 나니 남은 건 뒤채뿐이다.

천천히 뒤채로 이동한 수춘의 눈에 3개의 방이 보였다.

사람들은 이럴 때 좌측 방부터 뒤지는 경우가 많았다. 뭐랄까, 좌측이 우선이라는 그냥 무의식적인 행동이다.

하지만 그렇기 때문에 무언가를 숨길 땐 우측, 좀처럼 생각나지 않는 곳을 활용하는 경우가 많았다.

슬쩍 웃어 보인 수춘이 맨 우측 방을 첫 목표로 선택한 것은 그런 이유에서였다.

문고리에 손을 얹고 안쪽의 기척을 살폈다. 고요, 침묵, 정적. 아무것도 들려오지 않는 방은 사람의 온기조차 느껴지지 않았다.

얼치기 초짜들은 이럴 경우 살피지도 않고 다른 목표를 찾기 십상이지만 이런 방에 금고가 있을 확률이 더 높다.

삐이걱-

'쯧.'

절로 혀가 쳐질 정도로 문은 관리가 제대로 되지 않았다. 뒷머리가 바짝 곤두설 정도의 소음을 남기며 열린 방문 안으로 수춘이 번개처럼 들어섰다.

누군가 나와 보았을 때 자신의 신형을 들키지 않기 위해서였다.

하지만 그건 기우에 지나지 않았던 모양이다. 나와 보는 사람은커녕 방문을 열어 보는 이조차 없다.

어이없는 웃음을 흘린 수춘이 달빛에 의지해 방 안을 뒤지기 시작했다. 덩그러니 놓인 작은 장 2개가 순식간에 그 속내를 열어 보였다.

하지만 그 2개의 장 안엔 아무것도 들어 있는 것이 없었다. 하물며 낡아서 안 입는 허름한 옷가지조차도 없었다.

'빌어먹을.'

투덜거린 수춘이 조용히 방을 나와 옆 방문을 천천히 열었다. 이번엔 문소리가 날 것을 걱정해 조심에 조심을 기울였는데 문은 맥 빠지게 너무나도 부드럽게 열렸다.

'쯧'

마음대로 안 되다 보니 부드럽게 열리는 문에까지 혀를 차게 되었다. 자신의 그런 모습에 실없이 웃어 버린 이축이 방 안을 세세히 살폈다. 장 하나, 문갑 하나. 옆방과 다를 바 없이 단출했다.

수춘은 시간을 가지고 조심스럽게 그리고 세세히 장과 문갑을 살폈다. 하지만 이번에도 나온 것은 먼지뿐이었다.

결국 세 번째 방으로 이동한 수춘은 이전처럼 조심스럽게 방문을 열었다.

우뚝.

그 상태 그대로 수춘은 멈춰 서 있었다. 아무 소리도 낼 수 없었고, 도주는 생각조차 할 수 없었다.

꿀꺽.

자신도 모르게 마른침이 넘어갔다.

"이름?"

물어 오는 상대의 음성이 권태로웠다. 그렇다고 위기감까지 권태로운 건 아니었다.

그건 문 앞에 쪼그리고 앉아 자신을 바라보는 사내의 눈이 흉포한 범을 닮았기 때문만은 아니다.

수춘이 꼼짝하지 못하는 건 예감 탓이었다. 한 발, 아니 반 발자국만 떼어도 목이 날아갈 것이란 예감. 아니, 아니, 그건 예감보단 확신에 가까웠다.

"수, 수춘입니다."

"수춘… 혹시 요새 사는 게 힘들어?"

"세, 세상은 어, 언제나 힘듭지요."

"그렇구나. 그래도 자살은 좋지 못한 일이야. 더구나 남의 손을 빌린 자살이라니… 결코 권할 만한 일은 아니지. 그래도 이렇게 찾아온 성의를 봐서……"

말을 하다 말고 방구석을 향해 내뻗은 손으로 칼이 날아와 잡혔다.

그것만으로도 심장이 목구멍으로 튀어나올 만큼 놀랐는데 사내는 그보다 한발 앞서 나아갔다.

"…도와줄게. 자- 목을 쭉 내밀어 봐. 내가 예쁘게 잘라줄 테니까."

<u>끄르륵-</u>

개봉 제일 대도 수춘이 세영의 방문 앞에서 기절한 이유였다.

4권에서 계속

www.mayabook.co.kr

www.mayabook.co.kr

www.mayabook.co.kr

www.mayabook.co.kr